读客文化

有人写诗

华楠 著

海南出版社
·海口·

图书在版编目（CIP）数据

有人写诗 / 华楠著 . — 海口 : 海南出版社，
2022.7

ISBN 978-7-5730-0499-4

Ⅰ.①有… Ⅱ.①华… Ⅲ.①诗集 – 中国 – 当代②古
典诗歌 – 诗歌研究 – 中国 Ⅳ.① I227 ② I207.22

中国版本图书馆 CIP 数据核字（2022）第 070849 号

有人写诗
YOUREN XIESHI

作　　者	华　楠
责任编辑	白　多　　　胡守景
执行编辑	徐雁晖
特邀编辑	王心怡　　　孙汉果
封面设计	读客文化　021-33608320
印刷装订	河北中科印刷科技发展有限公司
策　　划	读客文化
版　　权	读客文化
出版发行	海南出版社
地　　址	海口市金盘开发区建设三横路 2 号
邮　　编	570216
编辑电话	0898-66817036
网　　址	http://www.hncbs.cn
开　　本	787 毫米 × 1092 毫米　1/32
印　　张	10.75
字　　数	127 千
版　　次	2022 年 7 月第 1 版
印　　次	2022 年 7 月第 1 次印刷
书　　号	ISBN 978-7-5730-0499-4
定　　价	59.90 元

如有印刷、装订质量问题，请致电 010-87681002（免费更换，邮寄到付）

献给我的太太——徐雨濛。二十多年来，她比我更喜欢我写的诗，她坚定的支持和敏锐的鉴赏力一直是我写作的基石。

|目　录|

有人写诗　　·诗　集·

玫瑰在行动

今天晚上回家的时候

看见电梯内的广告牌上

插着一枝玫瑰

我把它取下来

闻了一下

又顺手插在

邻居的铁门上

罗马尼亚民歌之谁在找我

不知道谁在叫我的名字

仔细听不是叫我的名字

不管是在叫谁的名字

都是在找我

格鲁吉亚民歌之收麦子

咿呀，我和我的姑娘在收麦子

姑娘不知道我叫她我的姑娘

我们一起收麦子

麦子割了我的手

咿呀，收了麦子好酿酒

爱沙尼亚民歌之月亮

月亮最喜欢爱沙尼亚

月亮照着爱沙尼亚的时候

特别明亮特别温柔

特别是我们赶夜路的时候

红色塑料袋

一个红色的塑料袋

在甘肃省

清水县

充国路和永清路路口的

一栋米黄色楼房的墙角

打着圈旋转

从地面的墙角旮旯转到半空

悬停在半空

像是歇了一口气

然后一个俯冲

把自己挂在树枝上

郫县姑娘

我以前以为郫县只产豆瓣

后来才知道当地也产姑娘

我后来认识了一个郫县姑娘

又白又嫩，又软又滑

又甜又辣，又酥又麻

入口即化

隔壁搬来一家人

隔壁空了很久

今晚亮了灯

有小孩的叫喊声

刚才看到他们关了灯

应该睡觉了

他们一定是从很远很远

很远很远很远

很远很远

很远

的地方搬来的

亲嘴黑白条纹衫

人群中冲出一个穿黑白条纹衫的女孩

她超过我们

跑过站台

快步跑上扶梯

在扶梯上还在跑

很快消失在扶梯尽头

等我走出地铁才看见路边

她在和一个骑在摩托上的小伙子接吻

裸露的水管

从地里冒出来

沿着院墙

来到墙角

折向右边

爬上屋墙

来到露台上

钻过栏杆缝

沿着地脚线

前行

路过晾衣架

爬上花坛

拐了一个直角

再拐了一个直角

垂下花坛

继续前行

笔直地

洞穿矮墙

没有迟疑

前行

前行

扎进水泥地

又从五米开外冒出来

感觉终于到达

目的地

在墙根站起

接上一个水龙头

一拧水龙头

水就喷射而出

牛顿定律

牛顿运动定律由三条定律组成

第一定律

任何物体都保持静止或匀速直线运动状态

直到其他物体对它的作用力迫使它改变这种

状态为止

第二定律

物体受到外力作用时

物体所获得加速度的大小与合外力成正比

与物体的质量成反比

加速度的方向与合外力的方向相同

第三定律

两物体之间的相互作用力总是大小相等

方向相反，且作用在一条直线上

三条定律一共122个汉字

共同构成了牛顿力学的完整理论体系

而万有引力定律说的是

任何两个物体之间有引力

引力和距离的平方成反比

和两个物体质量的乘积成正比

他的朋友哈雷先生根据这个定律

推算出1682年出现过的那个大彗星

将会在1758年再次出现

1758年

彗星出现在茫茫夜空

的时候

哈雷先生已经死了十几年

1986年

我十二岁

守在窗口等哈雷彗星

但没等到就睡着了

中国历史上关于这颗彗星的第一次记载

最早可能是公元前1057年

当是时也

周武王伐纣

在广州

我记得这家饭店后面有一个报刊亭

卖报的是个有点痴呆的瘦小男人

他坐在一张椅子上

身体瘫在下陷的帆布椅兜里

离面前的报摊老远

他总是时不时大喊一声"晚——报——"

我还记得他的样子

几年前我经常买他的报纸

报纸旁边有一个铁皮盒子

买报的人把钱丢在盒子里

自己拿报纸

如果需要找钱

也是自己在里面拣

卖报的人不理这些

他的工作只是喊

"晚——报——"

哪怕早上他也是喊晚报

这为过往的人提供了一些乐趣

想起这些

我已经走到了大楼侧面的最后几步路

五四三二一

我拐过大楼的拐角

报摊已经不见了

取而代之的是一个露天停车场

空着手的人

空着手的人

他手上什么也没拿

他双手下垂

空着

手指稍稍弯曲

他是一个空着手的人

两手空空

你随便递一个东西给他

他都可以伸手接住

新鲜空气

山顶上有新鲜空气

我们爬上山顶去呼吸新鲜空气

爬到山顶

山顶很大风

我们大口大口地呼吸新鲜空气

鸭群中的最后一只鸭子

我发现

所有的鸭群

都有最后一只鸭子

最后一只鸭子

它离鸭群两三米远

走在最后面

它的姿势比鸭群中的任何一只都更显眼

它摇摇摆摆

摇头晃脑

走在鸭群最后面

很明显

我就是那只鸭子

望远镜

我看到

不晓得是在什么地方

一个人蹲下去

系鞋带

因为这是一个望得非常非常远的望远镜

所以那个系鞋带的人

一定是在非常非常远的地方

我放下望远镜之后

他一定会在很远很远的地方站起身来

今晚吃什么

刚才在电梯里听两个人讨论

一天要吃多少钱

一个说他一天吃二十块钱

一个说自己要吃三十块

然后前一个就说你太奢侈了

后一个就说主要是晚饭都要喝点啤酒

出了电梯

正是苍茫夜色

三个晒太阳的老太太

三个老太太

坐在枯黄的草地上

晒太阳

老太太们

坐成一个等边三角形

太阳在西天上

晒着一个老太太的背

一个老太太的肩膀

一个老太太的脸

翻过大风垭

我在飙水岩下了车

离开此地二十年后

第一次站在这条乡间公路上

我先顺流走了一两里路

然后踩王家坝的跳磴过了河

再沿着堰坎横穿整个田坝

来到王家坝小学后门

看过当年的教室

从那个仍供着泰山石敢当的松树下

踏上翻越大风垭的山路

擦耳崖那一段路

感觉比以前要窄

石窝龙洞还在冒水

甜

大风垭的风

自然很大

先是吹起我的头发

然后吹起我的衣服

当我爬上大风垭口的时候

整个裤管都被吹得贴住腿

我闻到了下坝飘来的柴火味道

那里就是我出生的地方

这时我突然看见王真军的坟

我仔细看了墓碑

确实就是我的小学同学王真军

原来他已经死了十七年

烟头

留下这个烟头的人
我不知道是谁
我对他一无所知
烟头还没有完全熄灭
但有摁过的褶皱

临时决定

临时决定

我搭最近一班飞机从上海到昆明

下了飞机

我按短信上的地址打车去见人

车开了一段时间

司机突然骂了一句"你这个狗日的"

我问他说什么

他说那个骑单车的

这时我看见一个系着红领巾的小女孩在人群
中站着

她在等红绿灯

同时伸出舌头舔手上的冰棍

相遇罗生门

我手里的这本《芥川龙之介小说十一篇》

是我太太从旧书市场买来的

湖南人民出版社1980年版

作者芥川龙之介

译者是楼适夷

封面设计是朱根生和王诚龙

责任编辑是夏敬之和欧阳捍卫

他们的名字都印在书上

在青岛四方区医院看病的那个人

我们不知道他的名字

那天，他在四方区医院看病

花了三角钱做检查

留下两张各一角五分钱的发票

夹在这本书的第82和83页之间

我拿开这两张发票

看见那个女人又醒了过来

她的丈夫依然捆在树上

已经断气

通过竹叶漏进来的夕阳光

照在他苍白的脸上

喊张继

昨天晚上

我们去寒山寺喊张继

我们对着庙门喊

张继张继

没人开门

我们就翻墙而入

在院子里喊

穿堂过巷地喊

一开始是大声喊

后来又朝和尚休息的窗户小声喊

悄悄喊

默默喊

再后来喊累了

我们就骑在姑苏城外寒山寺的墙上望天

坐在檐廊下

邻居家也在下雪

很多雪花

从我们家院子上空

飘到邻居家院子里

也有一些

风一转

就静静地折回到我们家院子里

月光

晚上

太阳光从地球另一面射到月亮上

又折到我家院子的池塘里

又折上来晃我的眼睛

一共折了两折

空虚诗

当我坐在地上坐久了一抬头

看见我所看见的

我就感到莫名其妙

一阵空虚

接下来的一段时间

不管看见什么都是一阵空虚

坐高铁

车出北京站是下午
过济南是黄昏
济南郊外有一个农民
沿着田坎回家

我猜他是回家
我也是回家
但和他不顺路
他站在铁轨边的样子像是在等列车经过

经过一个湖
湖光一闪而过
列车很快
阳光耀眼

我也是一闪而过

远处有个城市
不知道名字
列车从城外经过时
在下雨
一串小孩儿在田埂上奔跑

天黑了
胶东半岛开始亮灯
我正好看见一扇窗户亮了
由此猜到那屋里有人刚刚开灯
那只手正从开关上滑下来

在大连

我坐在床上动了一下

右边墙角镜子里的我也动了一下

右边桌上酒瓶上变形的影子也动了一下

玻璃杯上动了一下

打火机上动了一下

衣服的金属纽扣上动了一下

关掉的电视机的屏幕上动了一下

左边桌上的塑料牌子上动了一下

我一停就全停下来了

他们一动不动

全在等我动

献给霍金

霍金说过一句话

在《时间简史》的开头他说：

你把软木塞丢到湖里

软木塞上下浮动

湖水荡起涟漪

带走软木塞的能量

当能量被完全带走

涟漪消失

软木塞就静止在湖面上

1965年我还没出生

1965年秋

他正坐在床上要躺下去

躺了一半

身体斜着

右眼已经闭了

左眼还半睁着

左手牵着被子牵了一半正要搭在身体上

突然停住

僵在那里

我起身上厕所

等我回来

按下播放键

他才顺利地躺了下去

阿留申群岛

阿留申群岛

你可以在地球仪的北极圈附近找到这个群岛

我就是在地球仪上看到的

我一看到地球仪上的阿留申群岛

就开始了惆怅

我感觉到有个人站在阿留申群岛寒冷的某个

街头路口

嘴巴里吐出长长的雾气

空间感

抬头正好看到

云缝间飞过一架飞机

想起有一次在飞机上

看到云缝间有一座城市

献给PINA的诗

此时此刻聚拢在我周围的事物

在我进入这个房间之前

它们已经先后聚拢

桌椅和电脑

电话和火机

音响、闹钟、书柜及里面摆满了的几十年来

我买的书

笔筒里面有很多笔

垃圾桶里有烟头和用过的纸巾

它们各自轨迹漫长

先后聚拢

我从外面进来

椅子空空

我坐下

在它们中间

而PINA

我看你走着走着就跳起了舞

试验诗

今天出门的时候我做了一个试验
我捡了一块石头放在路边的电箱上面
看会不会有人把它拿下来
等我回来的时候石头已不知所终

同是天涯提头人

卡拉瓦乔提着自己的头

走在昏暗的巷子里

遇见莫扎特提着自己的头

迎面走来

嘿

嘿

两个头相互打了个招呼

然后就不知道说什么了

被各自的手提着

轻轻摇晃

喝水

刚才喝了一口水

这件事已经结束了

水已经咽下去了

我把水杯放回了宇宙某处

塑料椅

我家露台上有一把透明塑料椅

现在它在落日余晖下好看死了

各种亮光折射弧线半透明阴影

我写不出来

拿相机也拍不出来

那些光线还在不停地变化

要消失了

要跟落日走了

青蛙叫

一想到我们是生活在星球上

星球飘浮在宇宙中

窗外的蛙鸣

就变成了窗外

青蛙在宇宙中鸣叫

无所献

我无所献

两手空空

你看我双手捧上的

只有十个手指头

而且这十个手指头

我还要收回留给自己用

我两手空空没什么可以献给你

但我可以鼓掌

把掌声送给你

湖水

我指着湖水
你以为我是指着湖水
其实我只是指着其中一滴

献给一行禅师

缚悉底答应过罗睺罗教他骑牛

有一天经过一个村庄的时候

缚悉底终于可以实现自己的诺言

他教了罗睺罗骑牛

缚悉底扶罗睺罗骑上牛背的时候心里充满了

喜悦

他想

如果罗睺罗还在王宫里当太子

那么他就要错过牛背上的快乐了

而罗睺罗骑在牛背上

心中充满了惊奇、喜悦、害怕、

困惑、迷茫、感动等

各种无法言说的奇妙感受

时间诗

翻过山岗看见一个村庄的时候我想

这个村庄不是亘古以来就有的

离开这个村庄的时候我又想

这个村庄不会永恒地存在下去

回头我又看了一下那个村庄

不知道是在遥远的过去

还是在遥远的未来

一个农妇正好从屋里出来

候车诗

将在长春火车站候车厅度过接下来的一小时

去北京的D22次列车一小时后出发

我在等这次列车检票

我不是去北京

列车会在沈阳停一下

我会在沈阳下车

有人在沈阳火车站

等我

然后我们一起去吃晚饭

现在

候车厅里面有一支队伍在移动

他们在进站

他们是去哈尔滨的

我们就此别过

剩下来的人

也不全是去沈阳或者北京的

他们有去吉林的、呼和浩特的、延吉的

他们和我一样混杂在大厅里面

没有严格按灯箱的指示排队

我不能从衣着或者表情辨认出他们是去哪里

只有等列车员喊：乘坐D25次前往哈尔滨的

检票进站啦

去哈尔滨的就会站起来

暴露了自己的

身份

几个小时后

现在聚集在大厅里的这些人

将会分布在数百公里外的地方

吃饭的吃饭

洗澡的洗澡

还在列车上的

还在奔波

菜园

我分不清番茄苗和茄子苗

我把它们混栽在院子里

等它们开花了

（我也分不清番茄花和茄子花）

等它们结果了

哪怕只结出一点点的时候

我就知道谁是谁了

刚刚压实土

又浇了水

现在还有水珠在叶子上挂着

睡前要关灯

噫吁兮睡前要关灯

关了灯兮一片黑麻麻

黑麻麻兮万物回到自身

万物回到自身兮

关了灯兮桌子回去了

关了灯兮墙壁回去了

关了灯兮全部回去了

黑暗中只剩下我

灯一关房间就黑了

什么都看不见

过了好一会儿

才有各种轮廓浮现出来

山脚有条公路

我想追溯宇宙的起源、地球的形成

山峦如何隆起

地势如何起伏

地表的线条如何变化

沟壑河流

沧海桑田

以及生命的进化

一直到今天

我出现

我看见一座连绵起伏的山

山脚有一条公路

路上有一辆汽车

车尾扬起灰尘

滚滚灰尘挡住了车

灰尘散后车也不见了

我爱的人就是这样离我而去的

地形变化的速度慢到人世更替也无法察觉

恍若隔世

我想起小时候的事情恍若隔世

我想起年轻时候的事情又恍若隔世

我想起小赵还是觉得恍若隔世

我想起小李恍若隔世

前几个月的事情恍若隔世

前几天的事情恍若隔世

刚才的事情恍若隔世

刚才我倒了杯水喝

现在想起来恍若隔世

水还没有喝完

杯子里面还有

我看着桌上的水杯仿佛前生之物

恍若隔世

飞过河

这次我抡圆胳膊

甩了几圈

突然松开手指

石头飞了出去

飞啊飞

飞啊飞

越过闪光的额尔古纳河

过了那么一会儿的安静

黑暗中传来嗒的一声

石头落在了对岸石滩上

摘抄诗

一个叫孔飞力的美国人写了一本叫《叫魂》
的书

1768年4月26日

一个叫丘永年的苏州男子，五十八岁

是个失业的伙夫

这天他流落到常熟

遇到另外两个无业游民

一个叫张玉成

一个叫陈汉如

他们三人结伴往苏州去

27日中午

他们到了陆墓，苏州城北的一个集市

丘永年盘腿坐在路边

有一个叫顾正男的十岁男童

正在附近玩耍

烫人

今天我碰到一个烫人

我的手碰到他的胳膊

烫得我痛

但他像没事儿一样

我看他，看到他的背影在冒烟

到晚上我的手还在痛

我抹了些万花油

他要是躺到被窝里肯定会烧起来

这么烫的人

只能蹲在墙角

度过这漫漫长夜

杯子长出耳朵那天

在杯子长出耳朵那天

以前

很多很多年

千千万万的杯子都是

没有耳朵的

直到有一天

杯子长出了耳朵

被一只手轻轻捏住

重复派代表作

大姐，你为什么手里拿着一根树枝

大姐

你为什么手里拿着一根树枝

大姐，欸，大姐

你为什么手里拿着一根

树枝？

就是这样

大姐拿着一根不知道从哪里捡来的树枝

一边走一边晃

盲人一跃

盲人一跃

他把自己抛出去了

抛出去了

在空中

无所依附

陪伴他的只有耳边风声

呼呼簌簌

不知道什么意思

但是他在笑

吃面诗

端面上来的是一个女子

把面往我面前一放，说：牛肉面

等我抬头，她已经转身走了

我只看到一个背影

不晓得她长什么样子

多少岁

哪里人

有什么爱好

有多少朋友

性格如何

除了端面以外有什么技能

她上午干了什么

下午要去干什么

晚上住哪里

心率多少

什么血型

有没有什么病

最喜欢吃什么

和父母关系好不好

婚否

生于何处

又将死于何地

此生命运将如何

那双鞋哪儿买的

讨价还价了吗

她急急忙忙地走回帘子后面的厨房

是不是那里还有一碗面条在等她呢

一直到她掀开的帘子晃荡两下又恢复原状

静止不动了

我才低下头来开始吃

这碗人世的面条

圆珠笔诗

为了我手上握着一支圆珠笔这件事

我想了很久

很深入

很迷茫

石油、白垩纪、森林

工厂、设计师、销售员

翼龙在空中滑翔，在找地方停下

一支塑料圆珠笔

停在我手上

她站在马路上

我看到她的时候

她满脸通红地站在马路上

我当时路过去吃午饭

她站在我经过的路上

我注意到她是因为

她站在路边

满脸通红

喘着气

她茫然的眼神让我马上茫然起来

无名氏其实有名字

在我右手边床头柜上的《包法利夫人》的

（我拿过来翻查了一下）

第185页，包法利先生出去买饮料回来

把饮料洒了四分之三在一个卢昂女士肩上

这个女士尖叫了一声

我对这种小说里只出现一次的无名氏有一种

莫名的热情

非常希望知道这位卢昂的女士后来怎样

同时为这种一闪而过的人生交错感到美妙

而还有一种

就是电影里的大场面

比如两军混战那种

没有被镜头收入画面的群众演员

一样地奋力厮杀，浑身抹满污垢和血浆

导演一喊停

他们和镜头内的演员一起停下来

丝毫不知道自己在双重的虚无中表演

所以在看电影的时候

我比较留意画面边缘

有时从画外滚进来石子或者刀枪

就是这些人存在的明证

睡前诗之小张你在何方

大概是2002年的夏天

记不得到底是哪一天

也可能是2003年夏天的一天

我走在滨江路靠近大沙头一段

走累了在花台上坐了下来

当时并没有意识到那是生命中重要的一坐

大概坐了十几分钟

风吹着难得的凉爽

那时候我还很年轻

后来经常回忆当时一身轻的感觉

那感觉仿佛很远

又仿佛很近

仿佛昨天

又仿佛前世

其实昨天就是前世

那一坐之后世事变迁

我站起来走走停停

四处晃荡到而今

当时身边的人一个我都不认识

他们都是街上的人

假设其中有一个叫小张

小张你今夜又在何方

雨中超市

今天去超市兮去的时候在下雨

我在超市门口看雨兮心情不错

这时看到已搬走的邻居也来超市

她没有看到我兮我们没有打招呼

她应该没有搬远兮还穿着以前那件红衣服

我走的时候雨没有停兮她也没有出来

我一埋头钻进雨中兮成为一个雨中的人

睡前诗之看见什么就给什么取个名字然后忘掉

我现在坐的这个椅子叫王二毛

面前的烟灰缸叫陈思永

窗外那阵风，我在篱笆上看到它

它叫咕噜快

路灯打在柱子上，在柱子后面投下的那块阴影

叫迷迷糊糊

雨水留在地面还没有干的那块水迹

叫磕巴利夫

我抽烟的时候吐出的一口烟在空中的某一刻

它叫巴拉古达

此时此刻

你们都有一个名字

然后你们又归于无名

存在的存在

消失的消失

你们曾经有过名字

从此你们就是魂灵

在酒吧写的

总是有一包烟

一个打火机

一杯酒或者一杯水

以及一个手机

在我面前的桌子上

不管我坐在什么地方

面前总是这几样东西

有时会多几本书

或者多一碟小吃

现在是多一个点着蜡烛的烛台

好多年以来

我一直想写这首诗

因为我发现

不管我坐在什么地方

面前的桌子上总是摆着这几样东西

它们像幽灵一样跟着我

有时会多点别的

没有打火机但是有火柴

有时多一杯咖啡

有时多一串钥匙

现在还有一碟花生米

我总是长时间地

沉默地

坐在这几样东西面前

有时我面前的桌子上什么也没有

空空的

那么一会儿

我从兜里摸出烟、打火机和手机

放在面前

然后请服务员给我一杯水

然后我就坐在它们面前

心情会起伏

多半是沉默

我年复一年地看着它们

如果摁掉的烟头没有熄灭

我就倒点水把它熄灭

"刺"的那一声从烟灰缸里升起

年复一年地升起

但大多数时候是无声的熄灭

最后

我醉醺醺地站起来

摇摇晃晃地把它们又揣进兜里

在把打火机从桌面拾起的某个时刻

因为困惑于这个动作

我的手短暂地

僵在半空

痕迹诗之深夜重出江湖

酒店房间桌子上的玻璃没擦干净

上面还有抹布擦过的马虎斜纹

这是一种神秘的温柔

想到打扫房间的人此时已经入睡

打怪诗

我本来想写一首诗打怪

写了好几次都写不出来

写几句删了

写几句又删了

筋疲力尽

中了怪的埋伏

在屋子里

在灯光下的

打火机、水杯、台灯、柜子、沙发及其阴影中

朋友我们又见面了

我们又见面了

上次见面之后我们各自

在世间游荡

直到我们又约好

今天一起吃晚饭

我推开包间的时候里面空荡荡

你推开包间的时候看见我抬起头来

舍利子，我们写首诗吧

风一吹

我们就飘起来

我们一边飘

我们还一边消散

风停下来

我们就落下来

像落叶一样落下来

但风其实从来不会停下来

我们从来就是一边飘

一边消散

钩子诗

墙上

钩子上挂着帽子

取下帽子挂衣服

取下衣服挂雨伞

取下雨伞挂提包

挂一块腊肉

挂一根香肠

挂一篮吊兰

钩子在墙上

挂什么都特别美

什么都不挂

也有点美

但我总想挂点什么上去

我挂了一兜苹果上去

提带绷得很紧

果然很美

樟树兄弟

我看着一棵柳树

我看了它很久

一直到我转过身

发现身后还有一棵樟树

亲爱的樟树兄弟

我一样爱你

重写梯子在墙上的影子是梯子的形状

想来想去也只有这么一句

梯子在墙上的影子是梯子的形状

梯子

在墙上的影子

是梯子的形状

梯子在

墙上的影子

是梯子的形状

梯子啊

它在墙上的影子

是梯子的形状

梯子在墙上的影子是梯子的形状

就是这样美妙无以言表

南美民歌之秘鲁印第安古歌

河流比我们先到

等我们转过山坳

它已经在山脚流淌

它已经冲刷出了河滩

满是圆滚滚的鹅卵石

山坡上

已经长出了一个村庄

南美民歌之智利印第安雅甘人猎歌

为了追逐野兽

我们翻山越岭

野兽带着

我们翻山越岭

翻过高高的安第斯山

野兽突然不见了踪影

我们发现了太平洋

1982年的一阵风

1982年有一阵风

从山脚一直吹过山顶

掀起麦浪又刮起松涛

先是呼呼响

然后呜呜响

身形巨大

漫山遍野

一路摇屋晃树

翻过山顶

再也没回来

那么多悲伤的事情

草原夜晚

我们来到宇宙空旷的一面

有人在星光下散步

来自伽马星系的光

来自仙女星云的光

照在他身上

眼睛的反光里混着多少个燃烧的星球

亿万年前的微弱光芒

眨一下眼

就星辰闪灭

不管多少悲伤的事情正在发生

星光落在身上没有声音

如果你的视线落在桌子上

就让它在桌子上停留一会儿吧

想想桌子这人类的构筑

改变空间结构

让你的水杯可以顺手放在半空

这是智慧生物的成就

想到这些

你就来到人类历史的深处

就像那天我散步的时候

遇到一个被放在路边的陶罐

我知道它来自早期人类的手艺

我遇到了藏在历史深处的天才

他发明了陶罐

但我看不清他的样子

水杯会消失吗

有一天

这个世界不再有水杯

玻璃的或者金属的

不小心碰到会发出清脆的声音

如果有那么一天

趁现在多看它一会儿吧

尽量温柔

尽量深情地和水杯在一起

古代有个人010

亲爱的010

走在西周的街道上

我也不晓得

他要去干什么

亲爱的010

太阳照着你

010

又为什么加快脚步

你跑了起来

表情越来越焦急

你知不知道后来

不管你跑多快

你都消失了

睡前去关灯

刚才我穿过走廊去关灯的时候

我发现我

是一个穿着拖鞋

睡衣

四十一岁

有点疲倦的人

嗒的一声

消失在黑暗中

坐在路边的人

坐在路边的人

他坐在地上

靠着树

双腿摊开

面容疲倦

他想坐在路边

一动不动

让世界有一刻停留

但太阳的光线

把他移出了树荫

雨点打在湖面上

如果我能成为湖水

雨点打在我身上

就像打在湖面上

我就全身荡起小圈圈

每个小雨点我都回它一个小圈圈

原地起跳

原地起跳的人哪儿也不去

原地起跳

跳起来

落下去

就这样重复跳

我们哪儿也不去

我们在原地筋疲力尽

短暂

我在什么地方坐一会儿

或者站一会儿

都会觉得短暂

短暂是我们的本性

刚才我坐在台阶上

现在我坐在沙发上

一会儿在这里出现

一会儿又在那里消失

法兰克福酒吧

穿过嘈杂的酒吧

去厕所的路上

看到一张椅子上搭着一件外衣

音乐很吵

人声更吵

那么多人

在交谈欢笑

不知道是谁的衣服

搭在椅子上

扔个东西给我接住吧

扔个东西给我接住吧

随便扔个东西给我接住吧

随便抓起一个东西扔给我吧

那东西在空中飞行

朝我飞来

那东西在飞行

在空中旋转

穿过阴影的时候变暗

穿过阳光又闪闪发亮

那东西在朝我飞来

我手臂的肌肉滑动着

随时准备把它接住

人生如梦诗

刚才我好像

把水杯放在里屋的桌上了

但里屋的桌上并没有水杯

后来我在院子里的茶几上看到它

人生如梦

茶已经凉了

走出酒吧去抽烟

半夜

门口站着一个女人

我们点烟的时候她朝我们晃了晃手指

Could you please give me extra one?

也给她点了一根

她脸上浮现出酒后的笑容

那种脆弱的笑容

Where are you from?

We are from Shanghai

上海！谢谢！

谢谢！

我会说中文，谢谢！哈哈哈！

谢谢！哈哈哈！

谢谢！你好！

你好！哈哈哈！

Where are you from?

威尔士

威尔士，England!

Wales is not England，very different

United Kingdom not England

Very cold

Yes, very cold

你来洛杉矶多久了

Just this afternoon

我说的时候用手指了指地面

就像把今天下午踩在脚下一样

Me too！

她笑的时候

有一种令人印象深刻的脆弱

我第一眼见到就感受到的那种脆弱

被酒精托出的笑容

很容易沉下去

活着活着

脸上就出现了这种笑容

后来我们又进去喝酒

等再出来的时候威尔士女人已不见踪影

今天买了一张桌子诗

今天买了一张桌子

一张桌子

一张桌子啊

它有四条腿和一个平平的桌面

它是一张真正的桌子

美妙的桌子

它中午开始站在客厅

一动不动

直到晚上的时候我看到它

上面已经放了水杯

帽子

钥匙

和一盒纸巾

它使它们停在

顺手可以够到的半空

昨天诗

昨天晚上我也是坐在这个沙发上喝酒

刚才我想

如果昨天的一切还在的话

现在昨天的我

应该还是坐在昨天的沙发上

喝着昨天的酒吧

睡前诗之梯子

梯子在墙上的影子是梯子的形状

如果你顺着梯子爬上屋顶

你的影子也会顺着梯子的影子

爬上屋顶

毕业诗

薄薄的夜树远处

人群终于走散了

我走的这条路上

远远近近没有人

当杯子

当杯子

从桌上

摔下来的过程中

它能抓住什么呢

它转着圈

什么都没抓住

摔碎在地上

蚂蚁搬家

一开始我在看蚂蚁搬家

长长的队伍从树上下来

钻进树根的洞里

另一支几乎平行的队伍

从洞里出来

急急地往树上爬去

其中一只

我叫它王二蛮

王二蛮叼着一粒白色的东西

急急忙忙地往树上爬

一不小心

王二蛮混进了队伍

再也认不出来

腿也蹲麻了

我就抬起头来

太阳要落山了

我就开始看太阳落山

观自在菩萨

我的兄弟

当你行深般若波罗蜜多时

你在想什么

大千世界

如何像黄昏的光线一样

静静地

轻轻地落在你的心上

只有宁静、温柔和慈悲

就好像你的心并不存在

他在环顾四周

他的脖子转动

环顾四周

世界围着他旋转

这一刻

伟大而神秘

温柔又细腻

当一个人环顾四周

云层后面

九天之外

遥远的星系星云也在围着他旋转

写一首沉默诗吧

沉默的人唱的歌

是听不见的

虽然听不见

但还是有人听见了

不仅听见了

还一起哼了起来

但也是听不见的

鹅卵石派

看到一个有趣的诗派

叫鹅卵石派

他们的宗旨是

鹅卵石才是河流真身

河水会流淌和干涸

而鹅卵石留下一切记忆

有意思的是

这个诗派是元朝末期的

代表人物叫毕成丁

除了这个宗旨

他们没有作品流传下来

刚才正传

刚才在哪里
它怎么突然就不见了
刚才我还坐在沙发上
但现在沙发是空的

睡前诗一首

月落乌啼霜满天

江枫渔火对愁眠

姑苏城外寒山寺

夜半钟声到客船

一说起姑苏城外

就想起姑苏城内

一片孤城万仞山

夹道起朱楼

夜半钟声响起的时候

全姑苏城的人都在睡觉

怀念小哑巴

拐过街角的时候

一阵风突然扑到我身上来

感觉就像是它在那里

等我很久了

路易

那天

地球正绕着太阳转

我站在溪水中

溪水淹过我的膝盖

小腿感受到水流的力量

我弯下腰

双手小心地抬起一块鹅卵石

但还是激起了水底的灰尘

一阵烟雾泛起

我看见一只螃蟹迅速地消失在水底的烟雾中

我抬着鹅卵石直起身来

风吹着手臂发凉

那只螃蟹

我给它取了个名字

叫逃跑的路易

风吹散了水里的烟雾

河水重新清澈下来

在另一块鹅卵石下面

我看见路易

露出一只脚

莫扎特站上指挥台

莫扎特站上指挥台

莫扎特

站上了指挥台

小号手在做最后的调息

眼睛死死地盯着莫扎特

莫扎特站上了指挥台

小提琴手已经入了定

眼神轻轻地搭在莫扎特的手上

随着那只手，右手

轻轻抬起

小提琴就会奏出第一声

我们只关心莫扎特

站上了指挥台

在这首诗中

演奏不会开始

我们只停留在这一刻

莫扎特站上了指挥台

他站上去

站稳了

转身向观众致意

然后又转过来

面向他的乐队

他整了整衣服

大家知道

他要开始了

五个大提琴手同时松弛了浑身的肌肉

莫扎特的最后一个动作是

身体稍稍前倾

手臂下垂

五指松开

即将缓慢

轻轻地

抬起

向小提琴手召唤

一只蚂蚁神秘兮兮地从我桌上爬过

一只蚂蚁神秘兮兮地

从我桌上爬过

看它走路的样子我觉得

这是只神秘兮兮的蚂蚁

它神秘兮兮地爬过文具盒

爬过眼镜

爬过笔记本

爬到音响后面去了

消散诗

消散是一个永恒的现象

一切都在消散

在此消散之际

我在消散之前

遇到消散之前的你

然后各自消散

一开始没有东西消失

一开始

没有东西消失

什么都在

看得见

静静地

有的在移动

缓慢地移动

即便被遮挡的

也会默契地再次出现

没有消失

一开始没有消失的事物

一切都在

如果有什么消失了

也不会被察觉

不会被意识到

直到在缓慢的移动中

交替复杂的遮挡中

有些事物再也不出现

经历惊心动魄的等待

有些事物再也不出现

消失开始了

桌子和椅子

大多数情况下

只要有桌子

就会有椅子围上来

有次我亲眼看见

四张椅子围着一张桌子

还有一张椅子

待在不远处

乌鲁木齐路

刚才我在路上碰到的那个人

一定走在人世的路上

我也说不准是什么感觉

我就是突然感觉到

我们都走在人世的路上

当时我正从乌鲁木齐路拐进延安路

我心里对他说

年轻人

等你从延安路拐进乌鲁木齐路

乌鲁木齐路就会在你面前旋转

展开

你就会遇见乌鲁木齐路上的人

路上的人

他走啊走

走啊走

走到七十多岁的时候

走到了应元路路口

拐进小北路

提着一个塑料袋

里面有白菜、西红柿

猪肉和葱

巷子昏暗诗

对面走过来一个人

巷子昏暗

我看不清他的样子

后来又走过来几个人

我也看不清他们的样子

我只是觉得有个人在扭头看我

他肯定也看不清我的样子

有些东西擦擦就会发亮

有些东西擦擦就会发亮

本来灰扑扑的

擦擦就会发亮

望着你

错觉诗

错觉是事物退回去了

感觉它们收回了自己

并且关闭了自己

不再神秘

不再涌动着想对你说什么

它们来到此处的漫长轨迹消失了

仿佛突然都没有了身世

然而这只是错觉

当你被沉默的事物环绕

它们只是假装沉默

它们途经此处

看着你

压迫你

直到你又听到

它们神秘的嗡嗡声

在南京路

今天在南京路

铜仁路路口

特别热

有个人过马路的时候

过了一半

因为红灯亮了

很多车开了过来

他只好又折了回去

站在路口

看车开过

抹汗

看不出他从哪里来

来南京路干什么

那个人就是我

神秘的坦然

神秘坦然地面对我

一切神秘

都是裸露的

就像今天我遇到一张长椅

坦坦然站在树林里

散发着强烈深邃的神秘

秘密

秘密用自己把自己藏了起来

当我们看见它的时候

就像完全没有看见一样

不知道它就是那个秘密

神秘诗

指了又指

说了又说

神秘之物

一言不发

全身心卷入不可触摸之物

有时候是脚印

有时候是余温

大多数时候

是随便一个什么东西

清嗓子诗

我注意到自己清嗓子的声音

有时候不一定会注意到

但有时候会注意到

自己清嗓子的声音

这声音是一条线索

让我可以找到自己

你好啊

你从哪里来

我的朋友

我从刚才来

就刚才

几分钟前

一阵风吹过的时候

树叶在响

沙沙沙沙

现在风停了

四周围安静

我四周围看看

到处都是现在

再也回不去了

空间

我拖了一把椅子

坐到枣树下

透过枝丫

看到天上的月亮

月光从月亮出发

穿过枝丫

照到了我

黄金诗

那天看到黄金是超新星爆炸产生的元素

然后穿过好多星系

飞行好多亿年扑到地球上来的

地球上本来是没有的

刚才突然想起这个

然后就开始想这个房间里有没有黄金

音响里有没有

电视机里有没有

不管有没有

我现在把黄金称为宇宙使者

它们应该就在附近

灵魂

他

他消失了

化作尘埃

随着河流

随着风

消散在世界各地

在泥地里

在树木里

在空气中

曾经组成他的分子

现在是蜜蜂的一部分

据说我们的呼吸里也有

他出现过

又消失了

身体回到万物的循环中

灵魂不知去向

但我此刻遇到了他的灵魂

敏感的眼神

疲惫

好奇

还有一点惊恐

在1896年的一张照片中

他在人群中看着我

拖椅子

他抓住椅背

把椅子拖向桌子

椅子两腿悬空

两腿着地

在地上刮出哗哗哗的声音

同一张长椅

人们从很远的地方搬来这张长椅

从很远很远的地方搬来的

因为太远了

人们一代接一代地搬这张长椅

经过了很多很多代人

长椅在漫长的旅途中变形，重塑

更换了材质

又始终围绕着它最初的样子

直到被人们搬进曹阳新村的公园

面对着一面小湖

坐在长椅上看风景

湖水里有鱼

下午六点左右，斜阳西沉

会有波光刺眼

喝茶

我以桌上的手肘为支点

小臂旋转

把茶杯放在了桌上

过了一会儿

还是以手肘为支点

小臂旋转

手指准确地回到茶杯手把上

手指弯曲，茶杯离桌而起

我喝了一口茶

回味着那些弧线、支点、运动

肌肉的收缩

光影变化

寂静、柔和，几分钟的美妙

时间旅行者的杯子

昨晚桌子上的杯子

在我醉酒睡去之后

穿越时间

来到今天下午的桌上

杯子又回来了

好久没有找到的杯子

突然被发现放在花瓶后面

杯沿积了灰

里面有小半杯茶

慢慢干掉的痕迹

我表哥

我表哥五十四岁那年

承包了几个山头种果树

那个地方几亿年前是一片森林

飞着翅展一米的古蜻蜓

我表哥才五十四岁

他怎么知道几亿年前的事情

过了几亿年

挖矿的来了

我表哥后来去了别的地方

吹来一阵小风

特别小

非常小的风

小得还不是很会吹

我看它正在练习吹地上的落叶

吹不翻

只能吹着落叶在地上滑动

歇口气接着吹

吹着落叶在地上

就要翻过来了

发呆诗

秒表精确到0.01秒

最后一位数字飞速旋转

带动前面的数字旋转

我坐在椅子上

双脚翘在桌上

看数字飞快地旋转

闭上眼睛数字还在转

我开始在时间中静静地滑翔

下回别人问你你就说

我不是在发呆

我是在时间中静静地滑翔

排队黑白条纹衫

在长长的队伍里面

靠后的一端

最后面一个人前面不远的地方

队伍里面站着一个

穿黑白条纹衫的人

队伍前面的人在买包子

拿过包子就开始吃了起来

队伍后面的人饥肠辘辘

表情不耐烦

穿黑白条纹衫的人表情落寞

队伍在缓慢移动

黑白条纹衫跟着移动

离包子越来越近了

闻到越来越浓郁的肉包子的味道

日出好看

日出好看

但没有看日出的人好看

天蒙蒙亮

好多人起来看日出

灰蒙蒙的沙滩上人密密麻麻

我也起来了

我主要是看人

日出的时候沙滩上传来惊叹声

我也在惊叹

看日出的人在沉醉

我也在沉醉

太阳从海平面升起

壮观美丽

我不知道沙滩上有多少人

假设其中有一个盲聋人

我跟他说

太阳升起来

你看不见

也听不见

但你可以感觉到逐渐暖和

这暖和就是星体运行的原因

这一刻星体的运行容易被体认

所以人们来到沙滩上

生活在地球上的人

在此强烈时刻

体认自己生活在宇宙中

树林里的空间

经过树林边缘看树林

目测树木的间距及位置

枝条交错，黝黑曲折的线条

缓慢的脚步

使景色产生细微的变化

一棵树从另一棵树后出现

一丛枝条探进另一丛枝条

一片叶子和另一片重叠

迎光的树干逐渐明亮

抓了一把干花生捏在手里

抓了一把干花生捏在手里

晃了晃

好多花生米在里面

敲打着花生壳

一只水杯

一只水杯

停在桌面上

里面有半杯水

这是一只过路的杯子

很快它就会离开

兜兜转转

又停在另一张桌上

Emma左手抓一把沙子

Emma左手抓一把沙子

撒在自己的右手臂上

说好痒

好不痒

反复撒

反复说好痒好不痒

宝宝Emma在体会和描述

沙子撒落在手臂上的感觉

和这个世界接触

体会

领受

描述

融入

在自我和世界的界限上

电梯里的屁

电梯里面原来有个屁

出电梯前我也放了一个

和我擦肩进电梯的人

会以为电梯里面有个屁

其实是两个

飞刀黑白条纹衫

穿黑白条纹衫的姑娘

在街上甩飞刀

中刀的人一声不吭

回家默默疼痛

睡觉还握着刀柄

夜半惊醒

担心飞刀飞走了

五个孟加拉营

1842年

在阿富汗

有五个孟加拉营

是来帮英军打阿富汗人的

这就是我知道的全部

五个孟加拉营里面

我一个人都不认识

我觉得阿富汗的风吹到了我

阿富汗的月光照耀着我

子弹从我耳边呼啸而过

那些说着孟加拉方言的孟加拉老乡

被打死了一个

又一个

一个接一个

山谷里喧嚣着孟加拉口音的叫喊和呻吟

我爱你

一句话

柔软的

粉色的

嘴唇打开

从湿润的口腔里

舌头弹动着

把一句话送了出来

在空气中震动

前进

第一个音节连着第二个音节

到最后一个音节

兵分N路

其中一支

第一个音节连着第二个音节

直至最后一个音节

抵达他的耳膜

被听见

被理解

其中一段颤音

在他身体某处激起回响、共振

刻成了一生的记忆

与此同时

其他N减一路声波

也已停止震动

在空气中归于寂静

吃饭吧

小张在吃饭

小李坐在他对面

也在吃饭

小张和小李一起吃饭

与此同时

地球在旋转

小张小李吃完饭

地球还在旋转

小张后来死了

地球仍在旋转

小李活成了老李

老李后来死了

老李死那天

地球在旋转

美国人不用痒痒挠

美国人不用痒痒挠

据我观察是这样的

不知道是什么原因

他们肯定也有挠不到的时候

那怎么办呢

我没有问过

我下次问一下

然后再补写成这首诗的第二段

三块石头

把大中小三块石头垒起来

大的在下面

小的在上面

垒稳了

离开之后它们还会长久地处于这个状态

然后我们离开

回头看一眼

然后离开

离开此地

离开这个星球

我们去到茫茫宇宙中

在星系间游荡

不管文明发展到什么程度

把三块石头垒起来都是

一件伟大的建筑

智人写诗

我写诗的时候

我总是意识到自己是智人

猿人和超人之间的过渡物种

我们的特点是徘徊在语言和存在之间

受两头拉扯

所有的智人都困在这里

我描写这种困境

以及逃逸困境的短暂瞬间

因为近几百年来的科学爆炸

人类得以认识到自己在时空中的位置

在猿人那里语言尚未成为牢笼

而所谓超人就是超越了语言

智人取得了不可思议的成就

整个种族依然不可避免地像流星划过

这些诗就是智人进化途中的诗

我从卧室走到阳台

我从卧室走到阳台

中间有扇门

我打开门

走进阳台

然后又侧身关了门

在阳台上的椅子上坐下

然后开始写这首诗

卧室

阳台

门

椅子

其实还有卧室和阳台之间的一级台阶

阳台比卧室低一点

应该是怕雨水倒灌

我抬头看着夜空中的星星

这一切都在星空下

宇宙中

卧室、阳台、门、椅子、台阶和我

宇宙中有一杯酒

就是我从卧室端出来的这杯

深潭

从深不见底的深潭

提一桶水上来

就是一桶深不见底的水

半成品

做一个东西

没有做完

搁在那里

那东西被搁在那里

前也不是

退又不能

一动不动

泰然自若

呈现出一个趋势

想趋于完成

但又停留在此刻

且安于此刻

睡不着诗

凌晨

坐在沙发上

一抬头

天又亮了一点

没有发出声音

背包诗

他拉开拉链

把外套放进去

毛巾放进去

一瓶水

一本书

眼镜盒

钥匙

半盒药

纸巾

没吃完的饼干

检查了一下

拉上拉链

背上包

开门出去了

外套

毛巾

一瓶水

一本书

眼镜盒

钥匙

半盒药

纸巾

没吃完的饼干

就跟他一起出了门

正常情况下

你不会把一堆打碎了的水杯碎片

还叫作杯子

你应该会说那是一堆水杯碎片

或者一堆玻璃碴儿

东西还是那些东西

只是位置关系发生了变化

但对我们（人）来说

变化是本质性的

毕竟不能再装水了

所以说法必须改变

看着一堆玻璃碴儿

那个玻璃杯已不知去向

愿望

我希望能够透过窗户

看见自己坐在桌前的样子

就是因为太普通太常见了

就是因为太普通太常见了

人们往往没有意识到

雨滴打在窗玻璃上

往下滑落的景象

是地球上最美的景象之一

雨滴们拖着小尾巴

在玻璃上追逐

时快时慢

有时会突然停滞

有时又突然启动

追上就会融为一滴

加速跑完旅途的最后一程

每回看镜子

每回看镜子

我都想看见陌生人

但每回都是看见自己

但我知道有人看镜子能看见陌生人

完全不认识的陌生人

从来没见过

突然相遇

就是那种感觉

有时候我好像刚有那种感觉

又立刻认出镜子里的人是我

好奇大盗

为了知道那蚂蚁叼的

白色的到底是个什么东西

我把它抢过来

用手指捏了一下

确认是半截米粒

我又还给了它

放在它面前

它围着米粒转了一圈

叼起来飞快地跑了

我试了试抓住太平洋

在三亚

我看到太平洋

我试了试抓住它

我抓了一把

就抓住了太平洋

等我把手提起来

太平洋

滴滴答答地溜了回去

岛

岛很小

海很大

站在这小岛的顶端

海平面是一个巨大的圆圈

海水起伏

海面柔软

光线从天空到达海面

深在海的深处

它就待在那里

坦桑尼亚情歌

草原的黑夜里有一个

黑色的姑娘

一睁眼就扑闪扑闪

一闭眼世界就漆黑一片

酒店走廊

酒店走廊

很长

走过一间开着门的客房

瞥见一个男人

正在打电话

没听清楚他在说什么

我就走过去了

反正又不关我的事

我写首诗是因为

那一刹那

我感到柔软、伤感

有强烈

路过别人的感觉

排队登机的人南腔北调

排队登机的人南腔北调

我从头走到尾

经过他们

念头升起

落下

背包

拖箱

聊天

打电话

有些话题我想加入

有些人可以认识一下

一个好看的人

一个太胖的人

你去北京出差还是回家

你呢

出差还是回家

看好孩子

他跑到电梯那边去了

小心他摔倒

你箱子里面是什么

你包里是什么

你兜里有什么

你又在想什么

你那个眼神

我觉得你在想很重要的事

好闻的味道

从你身上散发出来

帽子不错

我也有一双这个鞋

只是我今天没穿

还有你

头发油腻腻

你

几天没刮胡子了

怎么理解无限

无限无法理解

我路过你们

全部陌生

有限路过无限

只有叙述

感叹

望洋兴叹

依依不舍

这么多年不容易

我们来到登机口

等待登上从上海飞往北京的航班

我拖着我的箱子

里面是换洗衣服和电脑

走到队伍的最后面

开始排队登机

我不是最后一个

有人拖着行李站在我身后

铜像油光锃亮的膝盖

铜像油光锃亮的膝盖

映出过1767年以来

一个又一个幻影

伸手摸了一下铜像的膝盖

一个接一个

一年接一年

一代接一代

幻影们走过来

伸出手

摸一下

然后离开

膝盖越来越油光锃亮

映出远远的一个身影

正走过来

今天是快乐的一天

今天下雨

有点冷

我骑摩托爬山

从车上摔下来

又滚下一米高的石坎

被架在灌木丛中

我躺在那里放声大笑

那一刻

除了开怀大笑

我什么也想不起来

爬起来还在笑

坐在路边还在笑

现在想起来还是笑

今天多么快活啊

我骑摩托爬山

摔倒在路边

滚下石阶

被架在灌木丛中

我当时想努力控制住摩托

但失败了

我从摩托上摔下来

掉在地上

滚了半圈

翻下石坎

被架在灌木丛中

真是太好笑了

我被架在灌木丛中

太快乐了

我几乎没有写过快乐的诗

今天一定要写一首

昨天

昨天我去了趟二里头遗址

那是三千年前的一个城市

许宏老师带我去考古现场

我看到一副正在出土的骷髅

大半截身体已经被刨出来了

头骨、肋骨、手臂、肩胛骨都被刨出来了

大腿骨出来一半

小腿骨还埋在土里

他活着的时候是有名字的

当时

有人喊他的名字

他就会转过身去

这就是昨天的事情

上山又下山

上山的时候

大地在面前旋转

展开

我们看得越来越远

一直看到远远的地平线

下山的时候

大地在面前旋转

退隐

回到山脚

看不见刚才的镇子和河流

肚子叫

听到自己的肚子叫了一声

不知道在具体什么地方

气体在肠道中蠕动

我只是听到身体运行的声音

我在散步

我散步的时候

常常会专心地领会自己

行走在星球上

过了一会儿

我听到并感受到自己

放了一个屁

失败

失败把他雕琢成为一个自由的人

他总是失败

一次又一次地失败

总是失败

每次失败都唤起他的斗志

更加振奋和激烈

去抗争和战斗

去拼搏

使出浑身力气

押上一切

得到的还是失败

莫名其妙

坚硬决绝

毫无征兆的失败

后来有一次失败解救了他

最后一次

在那次之后

他接受了所有的失败

以及彻底的失败

终极失败

他放弃了

这是最后一次放弃

也就是真正的放弃

日日夜夜的搏斗化为乌有

曾经吸引他的不再吸引他

曾经束缚他的不再束缚他

他在飘浮中游荡

下降

不挣扎

接受那股引力

不再慌张和紧张

道真县的芙蓉江

一共四只锥形贝壳

聚在一起

缓慢地蠕动着

可能在相互靠近

古特提斯洋消失后

一条河流来到这里

开始冲刷山体

形成一道峡谷

冲出满是鹅卵石的河滩

又过了很多年

年轻的父母来到小镇

在河边工作

我和哥哥出生在河边

后来我们家离开此地

闯荡多年

父母老了

父亲去世了

我和妈妈回到这里

我们在河滩上散步

她在说她年轻时候的事

我一边听

一边看着那些漂亮的鹅卵石

这时妈妈遇到一个老熟人

她们兴奋地聊了起来

我听到一些耳熟的名字

迟到多年的死讯接踵而至

我看到一块奇怪的鹅卵石

捡起来发现是一块化石

上面有四只锥形的贝壳

聚在一起

似乎在相互靠近

突然洋底隆起

银河系自转一圈

两亿年过去了

今天没什么好写的

我已经等了一个多小时了

没找到可写的东西

事物仍然围绕着我

但没有什么触动我的

桌椅，板凳

台灯，酒瓶

房间

地板

我看看这儿

看看那儿

所有的事物静默

它们今晚可能不想搭理我

后来我的视线落在一个瓶盖上

上午喝水拧开的瓶盖

我盯着它

盯了半天

它一动不动

毫无反应

貌似无辜

实则神秘地停在桌上

哄娃睡觉

宝宝一个多小时没睡着

在床上滚来滚去

数床杆

数脚指头

拉被子

找小狗

舔自己的脚指头

钻到爸爸怀里

又钻出去

说爸爸你睡吧

从被子一头钻进去

从另一头钻出来

躺着发呆

发现爸爸没睡

就来摸爸爸的眼睛

躺回小床

脚跷在大床上

哼起歌来

小蚂蚁趴在窗户上看

小蛐蛐在外面叫

宝宝没有注意到

大灰狼要来了

宝宝再不睡大灰狼就要来了

宝宝还是无所谓

宝宝精力旺盛

爸爸精疲力竭

开始哄小兔子睡觉

哄完小兔子又哄小熊

又哄小羊

小羊睡着小兔子又醒了

接着哄小兔子

一直等到妈妈进来

噌地爬起来往妈妈身上蹭

一粘到妈妈肚皮就睡着了

听到

我听到妻子在楼上走动

我听得出她走路的声音

不是孩子们走路的声音

我听她走到什么地方

停了一会儿

然后又走了几步

然后又走回去

停了下来

我竖着耳朵

听

不知道她在干什么

一直停在那里

可能过了五分钟

我又听见她走路的声音

接着听到她拖椅子的声音

她坐了下来

我上楼走进卧室的时候

看见她坐在梳妆台前

我想一遍又一遍地说

北半球的星空

和南半球的不一样

北半球的星空

是北半球的星空

和南半球的不一样

北半球的星空

这里一些星星

那里一些星星

有的两三颗连成一条线

有的没有连成一条线

有的亮

有的不是很亮

和南半球的不一样

我一抬头

就看到北半球的星空

南半球的星空在另一边

我看不到

南半球的星空

也有几颗连成一条线

但我现在看不到

我只看到北半球的星空

有几颗连成一条线

我看到星空

想到这星空

是北半球的星空

想到还有南半球的星空

我没有看到

我坐在北半球的星空下

想象着南半球的星空

把北半球的星空和南半球的星空连起来

既不在星空下

也不在星空上

而是在星空中

我想一遍又一遍地说这件事

反复确认

强化

一遍又一遍

一遍又一遍

北半球的星空

不是南半球的星空

南半球的星空辽远

和北半球的星空一样辽远

我去过南半球

见过南半球的星空

见过南十字星

四颗星星排成一个十字

南半球其他星星

没有给我留下印象

只记得南半球满天繁星

这一点和北半球一样

不管走到哪里

北半球或者南半球

都是满天繁星

我想一遍又一遍地说这个事情

一遍又一遍地说

反复说

反反复复地说

任何地方一抬头

就是满天繁星

大风黑白条纹衫

大风吹来

穿黑白条纹衫的女孩

伸手去理头发

大风把衣服吹得紧贴她的身体

乳房

肋骨

小腹

就被大风吹出了清晰的形状

院子里的星空

院子里有棵枣树

树杈间有颗星星

抬头可以看见那颗星星

很亮

后来又看到别的星星

在别的枝丫间

不是很亮

但很多

反正不少

闪烁在枣树的枝丫间

闪烁在枝丫、树叶和枣子中间

这就是我们家的星空

城市的声音

是一种嗡嗡声

各种频率的声波混在一起

相互抵消

加强

形成无法辨析的混音

持续不断

偶尔有一声汽车喇叭

尖锐地凸显出来

接着是刺耳的刹车声

还有孩子的叫喊

也比较容易辨认

鸟叫声也听得出来

大多数声音都混在里面

今晚我坐在院子里

听夜晚城市的声音

持续的 "嗡嗡嗡嗡嗡"

里面有很多人发出的

各种各样的声音

蛐蛐叫

听到一只蛐蛐叫

在夜里

不知道它在哪里叫

只知道在附近草丛中

它在叫谁或者叫什么

我听不懂

我听着它的叫声

不知道这声音能传多远

传多远这声音就消失不见了

想象我坐在很远的地方

远得听不到它的叫声

越过山，越过海

我坐在一个听不到它叫声的地方

坐了很久

仔细听

什么都听不到

但我知道在一个遥远的地方

有一只遥远的蛐蛐在叫

然后我又回来

坐在院子里

它还在叫

这回我听懂了

它问我刚才去哪儿了

星星

Emma说

天上好多星星

有大的

有小的

有的一闪一闪地

在眨眼睛

它们眼睛痛

混进了人群中

我十八岁的时候去过一次龙门石窟

看了大佛

又一个窟一个窟地

看了很多小佛

都没留下什么印象

唯独在一个小窟里

有一尊还没有完成的等身坐像

身体和头的轮廓已经出来了

满身都是斫痕

拿凿子的人不知道什么原因走了

把它留在这里

一待就是一千多年

我蹲在那个窟里

和石像一起待了很久

阳光从左边扫到右边

我摸着石头

觉得里面有一个人

我觉得我是在陪他坐着

今年我四十八岁

回想起来

石头还是石头

和山崖连成一体

里面已没有人了

那个人已经出来了

混进了人群中

山里大雾

山里大雾

Emma兴奋地跑回来

叫我去看水珠

拉着我走了好远

穿过花园

绕了一大圈

不小心跑过了头

又折回来

突然用手一指说

爸爸看

好大

我蹲下来

看见草尖果然

挂着一滴水珠

比别的水珠都大

肯定是整座山最大的一颗

发现一个鸟窝

看见一只鸟飞进树丛

然后我就发现了树丫里的鸟窝

在我们家旁边

我以前可能见过它

但不知道

它家在这里

在我家旁边

菜场诗

我一眼认出筐里的蒜头

一整筐都是蒜头

一坨一坨的

每坨都裂成很多瓣

和所有的蒜头一样

把自己裂开

很愤怒的样子

旁边是一筐鸡蛋

每一个都是鸡蛋

一筐蒜头就这样挨着一筐鸡蛋

其中一个蒜头和一个鸡蛋挨得最近

菜场很吵

但蒜头和鸡蛋都很安静

不过我们要买的是西瓜

一直没找到西瓜

突然发现鸡蛋旁边就是西瓜

一看就是西瓜

我从萝卜、芹菜、黄瓜

土豆、洋芋和马铃薯当中

一眼就认出了西瓜

还有根茄子指着它

我高兴地蹲下来摸了摸西瓜头

希望它的内心是甜甜的

货车诗

我看到一辆货车

有十六个轮子

排成四排

飞快地转动

有个人坐在前面的驾驶室里

后面车厢装满了小石子

估摸着有二十吨

行驶在公路上

一车的小石子

每一颗都跟着走

我写这首诗是因为我看见

有一颗小石子

突然跳出车厢

在马路上蹦跶

它的名字叫安东尼·李

越穿越多

天气变冷的这段时间

我们在薄薄的背心外面

开始加一件圆领的长袖

过了几天

又加了一件马甲

然后是毛衣

里面换上厚厚的保暖内衣

外面披上厚厚的外套

然后是大衣

厚实的皮鞋

大风天戴帽子和围巾

越穿越厚

我们搓着手

跺着脚

哈着白气

在太阳系中滑行

橘子树

今天姨妈说

橘子树结橘子了

结了七个

说的时候她手里还拿着一个

我就去看它

小朋友站在小木屋后面

一米多高

是棵小树

身上挂着剩下的六个橘子

高低远近

挂在各自的枝丫上

我看了它们好一会儿

尝试以某种方式体会它

看不出它

是一棵刚被摘了一个橘子的橘子树

柜子

我觉得柜子后面一定有

什么值得写的东西

我就走到柜子前面

跪在地上

趴着身体

歪着脑袋

打开电筒

往柜子下面看

看到柜子后面

除了厚厚的灰尘

什么都没有

过了半天

找到一根头发

不知道是谁的头发

我觉得肯定应该有可能或许绝对

是你的头发

我把头发捏在手里

不知道你是谁

路过鞋店的时候

路过鞋店的时候

瞥见一双红色的凉鞋

在货架第三排的第四列

很多黑鞋中间

夏天快来了

鞋的主人在别的地方

她正踏破时空而来

但先要去别的很多地方

现在她还不知道

夏天来临之际她会穿上它

她说不定叫陈小花

汪国友之夜

跟家乡来的朋友

说起四十多年前

桥头有个餐馆

总是把炉灰倒在街边

县城唯一的流浪汉

经常蹲在炉灰旁取暖

大冬天的

灰扑扑地靠近炉灰

感觉他恨不得成为其中一部分

汪国友!

几个人齐声喊道

然后都笑开了

空气中荡漾着快乐的气氛

我们都想起了共同的儿时回忆

有个哥们儿说

汪国友其实是在烤洋芋

炉灰里有滚烫的食物

他见过他取出洋芋烫得

抛来抛去的样子

笑容在我们脸上

笑着笑着炉灰就凉了

风还不停地吹

灰烬在空中转圈圈

消散

转圈圈

一边转一边消散

找一个人

找一个人

他已消失在几十万年前的草原上

他一路唱

一路走

草高过了他的头

他在找我

我的兄弟啊

你一出现就那么温柔

有人写诗　　·论　诗·

读《西江月》

西江月·夜行黄沙道中

宋·辛弃疾

明月别枝惊鹊，清风半夜鸣蝉。

稻花香里说丰年，听取蛙声一片。

七八个星天外，两三点雨山前。

旧时茅店社林边，路转溪桥忽见。

时隔那么多年

八百多年

辛大人

路转溪桥忽见

说说辛大哥的诗

西江月·夜行黄沙道中

宋·辛弃疾

明月别枝惊鹊，清风半夜鸣蝉。

稻花香里说丰年，听取蛙声一片。

七八个星天外，两三点雨山前。

旧时茅店社林边，路转溪桥忽见。

小弟我有一个愿望，去1181年的那个夏日夜晚

伺候辛大哥写这首诗

我铺纸磨墨

我挑灯摇扇

我垫脚探颈看

辛大哥撸起袖子就开始写

晴朗的夜晚，明月升起，鸦雀在树枝间跳跃

蝉声蛙声稻花香，大哥——请来

我鼻子一耸，好安逸的乡间夜晚

七八个星天外

大哥说走就走

啪的一声我们就飞到九天云外

两三点雨山前

呼的一声又回到江西省上饶县黄沙岭坡上

什么叫宇宙行者，我大哥就是宇宙行者

往返仙女星云这趟只在啪呼之间

我是宇宙跟班，在喘气

旧时茅店社林边

一个"旧"字鬼神都要拜

原来宇宙穿梭的同时还时间穿梭

原来此地大哥来过，大哥先把茅店安排在时间中

接着，"路转"二字一出

才知道大哥的真正把戏

比起来前面的都是小把戏

最后一句才是大把戏

路转溪桥忽见

路转惊起

溪桥过渡

忽见才是鬼神一击

全诗在最后一字悍然打通

天地为之一转

把茅店转了出来

一股真气喷薄而出

凌厉回溯

荡漾在星宿间

原来大哥刚才赶夜路来着

在最后一句之前

全诗是静止的

只在最后一句乃至最后一字

全诗突然活络，携宇急行

再看每个字都有风声

才想起这首诗的名字叫"夜行黄沙道中"

有些人就是活在宇宙中心，时间尽头

赶个夜路都写得这么销魂

说一首诗

渔翁

唐·柳宗元

渔翁夜傍西岩宿，晓汲清湘燃楚竹。

烟销日出不见人，欸乃一声山水绿。

回看天际下中流，岩上无心云相逐。

这是我一直喜欢的诗

几天下来我又像念经一样反复吟诵这首诗

美妙极了

这既是一首痕迹诗，又是一首幻影诗

烟销痕迹，渔翁幻影

"绿"字极妙，也是评论家的重点赞叹对象

但我更喜欢"烟销"二字

柳老师看到地上的灰烬又从灰烬中看到渔夫的

幻影

欸乃一声恐怕都是作者发挥的

由灰烬体察世界是我们痕迹派的手段

"烟销日出不见人"这个句子平淡得有点滑稽

却是奇异世界的入口

由这个入口进去才发现世界已经完全不一样了

欸乃一声山水绿

山水本来绿，但又要欸乃一声才绿

世界没有变，但又变了

变成它本来的样子即不再是本来的样子

"绿"字犹如漫山遍野鬼魅群行又兀地消失

神秘得像神秘本身

好不容易瞥见了神秘的面目

却不可言

"绿"字正是指认了不可言的世界

但也只能指一指罢了

柳老师一指，山水为之一绿

所以是千古绝指

说《静夜思》

中国版是这样的：

> 床前明月光，疑是地上霜。
>
> 举头望明月，低头思故乡。

床前明月光

室内

月光照了进来

疑是地上霜

突生寒意

所谓意境

就是语义繁殖的语义

"霜"字就是创造意境的字

举头望明月

太空

低头思故乡

最后一句隐藏着"千江有水千江月"

的意思

是一种人类共有经验

月亮照着我的时候一定照着千里之外的你

那时候还没有时区概念

日本版本是这样的：

床前明月光，疑是地上霜。

举头望山月，低头思故乡。

一字之差

据说中国版本是朱熹改的

因为日本版本是唐朝传过夫的

老朱还没来得及投胎

我更信任日版一些

当然也是因为我更喜欢日版

这两个版本有

天壤之别

前者只能说还行

后者是真正的伟大

何以故

朱熹是个完全语义化的人

而李白则在语言深处保留了对存在的原始触觉

明月是价值观

而山月则抵达了存在的现场

室内，山谷，太空

三点一线勾勒出

人，大地，宇宙

而一个"明"字

取消了山的大地也掩盖了存在

指向朱熹所建构的精神世界

明啊，纯净啊，诸如此类的

语义繁复

那是一个语言优先的世界

是反存在的世界

最后还是朱熹会赢吧

语言会彻底打败存在

什么意思呢

在语言和存在争夺人类的战斗中

语言最终会获胜

但存在也不会败

败的是人

但人不会知道

而李白是站立在大地的

他说

峨眉山月半轮秋

松下

　　贾岛发明了推敲，人称苦吟诗人，两句三年得，一吟双泪流。

　　感觉这老兄挺不容易的，但好歹写了这首《寻隐者不遇》，值了。

　　　　松下问童子，言师采药去。

　　　　只在此山中，云深不知处。

二十个字

我一直觉得绝句是诗的最高形式

有时候三句也可以，像芭蕉的俳句

两句就不厚道了

四句是诗的最高形式

这是一首幻影诗

幻影派的宗旨是

我们幻影派只写那些不在此的人

松下

"松"在汉语语境里是一个语义丰富的词

开头一字奠定全诗格调

"松"字携带的价值观尽数入诗

这种词义繁复的写法是汉语主流传统

所谓春秋笔法微言大义

非常不好

创造了所谓的意境

也导致了思维的模糊

歧义丛生

所以我们一直逻辑混乱

无法现代化

松下,第二个字,下

荡开一个小小空间

在一棵松树下面

问童子

放进两个人

我和童子

因为是在松树下面

所以我和童子都是品德高尚的人

这是一个美妙纯净的小空间

言师采药去

隐者的幻影飘过

飘去了药

"药"在汉语里又是一个神字

药关身，也关灵

既可治病又可修仙

幻影采药去了

只在此山中

山是延绵不绝的

空间由此从松下舒展

云深不知处

"云"字再添迷雾

幻影入云

踪迹全无

"深"字火力全开

让空间不可思议

所以不知处

幻影由此更加迷幻

事件本身是

去找人没找到

小朋友说他出门去了

这首诗有三个人

隐者，我，童子

四个物

松、药、山、云

全诗就是这七者的关系

隐者生活在松药山云中

我和童子都只是观望而已

由观望而发出赞美

就是海哥后来说的诗意栖居

渔夫夜傍西岩宿里的渔夫

和这个隐者一样

都是幻影

幻影派和痕迹派是近亲

痕迹能生幻影

说《题西林壁》

题西林壁

宋·苏轼

横看成岭侧成峰，远近高低各不同。

不识庐山真面目，只缘身在此山中。

横看成岭

起始机位

侧成峰

瞬间移位

远

移位

近

移位

高

移位

低

移位

各不同

十四个字

按每秒四字的标准语速

三秒半的时间

机位乾坤腾挪

颠倒江山的本事

令人叹为观止

整个庐山在苏东坡手中

仔细把玩

这种对空间的领会把握

大概五百年一次

（我乱估的）

两岸猿声啼不住

轻舟已过万重山

即从巴峡穿巫峡

便下襄阳向洛阳

七八个星天外

两三点雨山前

都是乾坤挪移的本事

这些写作者都是和宇宙同在的巨人

每每读到这些诗

都有冲入存在的感觉

被他们的语速拉进去的

但后面两句

才显出苏哥的真正伟大

不识庐山真面目

只缘身在此山中

此庐山即此庐山亦非庐山

此庐山即苏哥感受的宇宙

对存在的敬畏

刚刚还在手中把玩

转眼又撒手臣服

个体在存在面前的卑微

存在对于个体的庞然

苏哥太通透了

这首诗

前面两句往往被浅读

后面两句往往被曲解

好在苏哥习惯了孤独

两个黄鹂鸣翠柳

绝句

唐·杜甫

两个黄鹂鸣翠柳，一行白鹭上青天。

窗含西岭千秋雪，门泊东吴万里船。

两个黄鹂

两个哦

鸣翠柳

都说"鸣"字厉害

确实厉害

第一句有了声音

也有活泼的动感

两只黄鹂在树上跳来跳去

叽叽喳喳

这是日常

是当下

是此在

是俗世之美

一行白鹭上青天

记得荡胸生层云吗

也是杜甫写的

杜哥的胸襟就是这样广阔

日常性广阔

突然就一行白鹭上青天

天地为之一宽

极简的视觉画面

白鹭无声

一行上青天

超越日常

是彼岸

是梦想

窗含

原来是在室内

刚才还以为在柳下

杜夫子卖弄了一下

你以为我在柳下

其实我在屋里头

机位的飘忽

有一种幻视感

"含"字是秘密所在

一个"含"字

让窗获得生命

实际上窗就成为了我

我含西岭千秋雪

我由此进入了时间

与千秋同在

而雪

又是他妈的微言大义

我不说这个

反正由此门也是我

我泊东吴万里船

我与无边时空合而为一

东吴之船万里而来

停泊在我胸口

这是决眦入归鸟的人

才有的巨大时空

一个是时

一个是空

此诗中的万物都笼罩在此延绵的时空中

但他没说东吴来了几只船

以至于有这样一个版本：

千秋黄鹂鸣翠柳

万里白鹭上青天

窗含西岭一行雪

门泊东吴两个船

只是将原诗的几个词调换了一下位置

就赚了一只船

谈两首诗

城里的停尸所[1]

[美] 沃尔特·惠特曼

在城里停尸所的大门旁，

顺着叮当声我走来闲逛着，

我好奇地站住了，因为看哪，一个被抛弃的人，

一个可怜的死去了的妓女被带进来了，

他们放下了她那无人认领的尸首，它躺在潮湿的

砖地上。

那神圣的女人，她的肉体，我看见那肉体，我独

自一人望着它，

那房子曾一度充满热情和美丽，别的我都没有

1　沃尔特·惠特曼（Walt Whitman）《草叶集：全2册》，赵萝蕤译，南京：江苏凤凰文艺出版社，2020年9月第1版。本篇中的另一首诗《黑夜，独自在海滩上》同样引自本书。

注意，

　　那冰冷的沉寂，龙头里放出的水，引起疾病的气味都没有打动我，

　　但只有那所房子——那所奇妙的房子——那所精致美好的房子——那倒塌的房子！

　　那不朽的房子胜过曾经建造过的所有一排排住宅！

　　或那座白色圆顶的国会大厦，装修着高大的人像，或所有那些古老的尖顶高耸的大教堂，

　　只有那所小小的房子胜过所有这些——可怜的，毫无希望的房子！

　　美好的、可怕的破屋——一个灵魂的住所——它本身就是一个灵魂，

　　无人认领，人人走避的房子——请从我抖颤着的唇边吸一口气吧，

　　取一滴落在一旁的眼泪吧，这是我走过时想到了你而洒下的，

　　已死去的爱情的房子——疯狂和有罪的房子，

倒塌了，粉碎了，

　　生命的房子，不久前还在说笑着——但是，啊，
可怜的房子，即使在那时也已经死去，

　　成年累月，一座响着回声、装饰得很美的房
子——但是死了，死了，死了。

　　黑夜，独自在海滩上

　　［美］沃尔特·惠特曼

　　黑夜，独自在海滩上，

　　那年老的母亲在来回摆动着身子唱着她那沙哑
的歌，

　　在我望着那照耀着的明亮星星时，我想到了宇宙
和未来的基本曲调。

　　一种广阔的"形似"联结着一切，

一切天体：已成熟的、未成熟的、小的、大的、恒星、卫星、行星，

　　不管地方之间的距离有多宽阔，

　　一切时间的距离，一切无生命的形态，

　　一切灵魂，一切有生命的躯体，不论彼此间有多少差别，或者属于不同世界，

　　一切气体、液体、植物、矿物的冶炼过程、鱼类、兽类，

　　一切民族、肤色、野蛮行为、文明世界、语言，

　　一切曾在这个或别的星球上存在过或可能存在的个体，

　　一切生和死，一切过去、现在、将来，

　　这一广阔的"形似"囊括一切，而且一向如此，

　　并将永远囊括一切，而且紧紧保持并圈进一切。

（赵萝蕤　译）

　　搜到上面这两首，没有搜到我一直想搜的一首。

几个月前我重读惠特曼，也没有翻到我最喜欢的那首。

惠特曼是那种一生只写一首诗的写作者，所有的作品都可以视为一首诗的不同片段。

无微不至，无所不包。

所以我不能说上面两首就是我最喜欢的，这样说太不恭敬了。

应该把《草叶集》当成一个整体来看待，但可以先挑一些喜欢的片段来读。

读《草叶集》有点像读佛经，要信，才会有所得。

《草叶集》不需要你去理解它，只需要读而且信。

一个人如果通过《草叶集》建立自己的价值观和世界观，是无比幸运的。

这意味着你有机会挣脱自身的狭隘，成为更加广阔自由的人。

千山鸟飞

江雪

唐·柳宗元

千山鸟飞绝，万径人踪灭。

孤舟蓑笠翁，独钓寒江雪。

这是一首造物主速成诗

这样读效果最好

千山鸟飞

绝

万径人踪

灭

要读得特别大声

读千山鸟飞的时候特别大声

顿半拍再大喊一声绝！

读千山鸟飞的时候

漫山遍野的鸟在飞

往东飞往西飞

看着它们飞

兀的一声大喊：绝！

手猛地一挥

绝！

绝咒一出

一只鸟都不见了

天空没有一丝痕迹

鸟毛都不飘一根

那些鸟去哪儿了呢

不晓得去哪儿了呢

柳哥就是这样任性

万径人踪也是一样

万径人踪

到处人头攒动

各自忙活

耕田的耕田

赶路的赶路

灭！

小手一挥

顿时所有人都不见了

天地一空

空得只有天地

静谧孤寂之气怦然弥漫

停一刻

让它再弥漫一会儿

再缓缓读下去

孤舟蓑笠翁

独钓寒江雪

唤出无有之物再绝灭之

是此诗的诡异之处

唤出千山之鸟万径之人

反手又灭掉千山之鸟和万径之人

万物招之即来

挥之即去

腾出绝对的孤寂

给老头安安静静钓鱼

这钓鱼的

就是万物之主

众神之神

就是田纳西州的坛子

万物向他匍匐涌动

任何人都可以这样

大声诵读本诗

马上过一把身为造物主的干瘾

那二十座雪山

唯一动弹的

是黑鸟的眼珠

在幽州台

登幽州台歌

唐·陈子昂

前不见古人，后不见来者。

念天地之悠悠，独怆然而涕下。

幽州台是宇宙中心

万古长存的中心

宇宙环绕着它

时间终结于它

又从它开始

登上幽州台

陈子昂

发现自己来到宇宙中心

一句前不见古人

目力不可思议

亿万古人

幻影茫茫

没入洪荒

一切古人已经湮没

转头看身后

后不见来者

时间的另一头

来者尚未出现

仍在神秘之中

时间之轴由此向两端无限延伸

陈子昂站在时间之轴的中点

永恒的此刻

念天地之悠悠

空间轰然打开

天地悠悠

和天苍苍

野茫茫

是一样的

无法言说的空间

用悠悠

苍苍

茫茫

来指代

这就是人类对无限空间的描述

是被语言限制

和终结的感受

只能用毫无意义的音节来表述

念天地之茫茫

念天地之苍苍

或者念天地之轰轰

都可以

音节重复

产生节拍

天地就会就此荡漾开来

朝幽州台外的任何一个方向无限延伸

创造出时空的中心

无论是时间

还是空间

幽州台都是中心

唯一的点

任何人来到这个点

都会孤独

感受到时空之中彻底的孤独

独怆然而涕下

峨眉山月

峨眉山月歌

唐·李白

峨眉山月半轮秋，影入平羌江水流。

夜发清溪向三峡，思君不见下渝州。

秋天峨眉山上的半轮月亮

倒影随平羌江水流淌

随我从清溪一直找到三峡

又从三峡追去重庆

这怎么就成了千古绝唱呢？

从峨眉、平羌到清溪、三峡

一直到渝州

水面一直倒映着月光

写这首诗的时候李白二十出头

好像还没有被称为谪仙人

但早已经是仙人了

空间是一回事

空间感又是一回事

空间人人都有

空间感则是罕有的

能感受到自己在空间中移动

从半空俯视自己在空间中移动

一般来说

能看到自己在房间中移动就很牛逼了

看见自己跑过操场就太牛逼了

比如我们坐火车

其实我们根本理解不了从武昌到汉口这回事

在空间的变幻中我们无法把握空间

因为人类的空间感太弱了

大多数时候

我们失魂落魄地在空间中游荡

偶尔被惊醒

旋即又昏沉过去

在空间中活着

人类作为二维生物

我们活在平面上

即便爬山

我们也不过是移动在曲面上

极目远眺的空间往往把我们震撼

理解不了三维空间

李白也一样

李白不是鸟

也是二维物种

爬三层楼就不敢高声语

恐惊天上人

现在我们坐飞机

依然理解不了三维空间

坐飞机的人感受不到自己在空间中

窗外的景色是作为一种现象被看见

窗外的云只是视觉现象

实际和我是没有关系的

此在与此刻一样难以感知

峨眉山月是一首三维诗

这是不可思议的

空间比静夜思还要美妙，更动感

李白完全地感受到了那个空间

大地的广度已经被江水的急流拉大

月亮在夜空中绷紧了第三维的张力

由此产生一个巨大的空间

作者在这个巨大的三维空间（还有时间）中

安静、畅快、优美地滑翔

真的是像神一样

他是在荡从月亮上垂下来的秋千

同李十一醉忆元九

同李十一醉忆元九

唐·白居易

花时同醉破春愁，醉折花枝作酒筹。

忽忆故人天际去，计程今日到梁州。

元九（就是元稹）出差去了

白居易和李十一（还有白居易的弟弟白行简）

一起出去玩

玩了一天在李十一家喝酒

喝高了之后白居易写了这首诗

花开的时候我们一起喝酒（破春愁）

喝醉了摘花枝划酒拳

突然想起你出远门了

算起来今天到梁州了吧

前面三句各种起承转合都是小把戏

这首诗的美妙是最后一句

算起来今天你到梁州了吧

忽忆故人天际去

算起来你今天到梁州了吧

孤帆远影碧空尽

算起来今天到梁州了吧

故人西辞黄鹤楼

计程今日到梁州

孙老师说过

活着就像打游戏

走到哪里哪里亮

孙老师说的是美妙无比

但白老师也是美妙无比

就算元稹走到天边

白老师的电筒也照得到

计程今日到梁州

就像一束光

照见千里之外的元稹

翻孙老师的话说

就是想到哪里哪里亮

这一句有不可思议的空间把握能力

与空间同在的存在力

至高的写手

他的触角无处不在

又只是这么轻描淡写地一说

计程今日到梁州

空间啊

白老师的空间无限延绵

元稹浑身暖洋洋的

这首诗有一个千古奇谈的典故

元稹当天确实就是到了梁州

而且当天也写了一首诗

写的是梦见和白居易、李十一玩了一天

去曲江玩完了又去慈恩寺玩

事实上白居易、白行简和李十一

当天确实是去曲江玩完又去逛了慈恩寺

元九是这样写的：

梦君同绕曲江头，

也向慈恩院院游。

亭吏呼人排去马，

忽惊身在古梁州。

梦见兄弟们一起去逛曲江

逛完曲江又去逛慈恩寺

驿站的小吏喊人去牵马

才发现我已经到了古梁州

元稹最后这一句，也是奇妙的空间体验

说到这就算说完了

说完之后我还想补两句

和白居易无关

和元九也关系不大

但和元九又稍微有点关系

就是那天那个把他叫醒的驿站小吏

他把元稹叫醒的时候

其实自己也睡眼惺忪

王维·鹿柴

鹿柴

唐·王维

空山不见人，但闻人语响。

返景入深林，复照青苔上。

第一个字平地惊雷

空

王维写过两首空山打头的诗

足以证明他对这个词念念不忘

连我读后都念念不忘

空

山

空山

就好像说空杯一样

山峦里的空间被唤出来了

另一首前两句是这样的

空山新雨后

天气晚来秋

这空间被唤出并用雨水洗过

空荡荡的干净

顺手把秋放进去

空山不见人

但闻人语响

另一首又说

竹喧归浣女

莲动下渔舟

说的都是幻影

由痕迹而生幻影

幻影的美妙无穷无尽

但闻人语响就像

欸乃一声山水绿

幻影是一种对他者的感知和永恒隔绝带来的迷茫

返景入深林

复照青苔上

太阳的光线在移动

整首诗

每个字都简单朴实

深远

字词于文化中携来文化的意义

这一层意义源于语种历史的渊源

字词由此带入语种历史中的种种价值观

使诗获得时代与世俗的意义

都很美

但都不重要

这首诗超越了文化和语种

进入了终极的美

人在宇宙中活着，感知并叙述着人世和宇宙的

运行

返景入深林

复照青苔上

星体运行

宇宙环绕

那天王维写完这首诗

反复念叨了几遍这两句

也不知道还能做些什么

他已来到语言的尽头

王维、苏东坡、辛弃疾"乱炖"

鸟鸣涧

唐·王维

人闲桂花落，夜静春山空。

月出惊山鸟，时鸣春涧中。

人闲才能发现桂花落

人闲下来才能发现世界

人闲，就是人在语言的魔障中有稍许喘气

暂时逃离意义的勒索

知觉得以脱离意义去感知世界

体会存在的美

桂花落下来

细微几近于无声无息

但又有一点动静

视觉的

听觉的

或者嗅觉的

优美细腻

这一句往返于人世与万物

从人闲到花落

说尽两极

春山空

山又空了

王维对山空的感受或许是贯穿一生的

反反复复地说山空

是对这种空间感的迷恋吧

后两句则把空间推到了看不见的领域

月夜的鸟鸣

来自黑暗中的山涧

天才如王维

触角布满天地

时鸣山涧中的"时鸣"二字

则在时间中唤出空间振荡的节奏

诗句一旦吐出

就会有回响

过了好几百年

苏东坡骑马从树下走过

写下

簌簌衣巾落枣花

枣花落在衣服上

苏老师由此领会世间之美

接下来隔了一句他又说

牛衣古柳卖黄瓜

这句牛衣古柳卖黄瓜是题外话

我爱死这个卖黄瓜的

老想找他买黄瓜

那厢辛弃疾着急了

一上来就是一句

明月别枝惊鹊

这正是月出惊山鸟的回音

辛老师撒腿狂奔

很快就七八个星天外了

到路转溪头忽见的时候

辛老师完成了他的时空回旋舞

苏东坡一看不行

又来一句

横看成岭侧成峰

远近高低各不同

彻底地回应了山空

然后突然彻底将自己抛出

不识庐山真面目

只缘身在此山中

王维和辛弃疾就傻了

三家至此算打了一个平手

天才们隔着时空游戏

后生占便宜看戏

但后生空惆怅

跟杜牧说两句

清明

唐·杜牧

清明时节雨纷纷，路上行人欲断魂。

借问酒家何处有，牧童遥指杏花村。

清明时节雨纷纷

这天雨凉飕飕的

路上行人欲断魂

调动习俗中的语义

关键的语义调动

按习俗清明要吊念死去的先人

清明和断魂两头一夹

人间行人一片雨纷纷

前两句就此进入生死之境

一边断魂一边细雨纷纷

死者长已矣

生者雨纷纷

相互呼应

由生望死

读者随着作者

一起进入生死之境

小杜你在生死之间想干吗呢

小杜说

借问酒家何处有

这是一声顽固坚定的断喝

小杜你要死还是要活

小杜说

喝酒!

喝酒,兄弟们(含姐妹)

喝酒!

生死之间一无所有

我们喝酒

去哪里喝

牧童遥指杏花村

我们去那生机盎然处

喝酒！

美丽的杏花丛中

一个小小的人类聚居所在

那里温柔

那里有温柔的芬芳

人们在那里喝酒

我们也去那里喝酒吧

现在就去

小杜还没喝完呢

我们跟杜哥一起喝酒吧

孟浩然 · 宿建德江

宿建德江

唐 · 孟浩然

移舟泊烟渚，日暮客愁新。

野旷天低树，江清月近人。

移舟

最后划两下船

泊

停泊

烟渚

烟渚是一个什么样的所在

是一个小沙洲

可以停息的地方

被迷雾缭绕

停在一个不知所在的地方

只知道这里可以稍微停息

意思是随意停歇吧

管它在什么地方

都是美妙的地方

日暮客愁新

天晚了

奔波的愁绪又漫了上来

就在这样一个地方

这样的情绪里

孟浩然醒了

看到了世界

野旷天低树

江清月近人

他看到了整个世界

整个大地

整个宇宙

茫茫宇宙中

孟老师的小船

在岸边暂时停靠

迷雾笼罩着它

孟老师准备歇会儿

孟老师死了十几年后

张继的身影一闪而过

张继写了这个：

　　月落乌啼霜满天，江枫渔火对愁眠。

　　姑苏城外寒山寺，夜半钟声到客船。

张继张继

我们没有找到张继

我们坐在寒山寺的墙上看天

倒不是孟老师更厉害

是孟老师先生

张继老师这首曾击中过我

以至于我写过很多遍喊张继

和古人的灵犀也是通过张继建立起来的

认识张继之后

我渐渐感到古人不古

上午还来过一样

月落

星辰旋转

乌啼

生灵在暗处发出声响

时鸣春涧中

霜满天

自然节气以及寒冷

江枫渔火对愁眠

对愁眠

这个"对"字把愁从自身推出

愁我相对

就是我与人世的相对

我依然愁

但与我及人世又相隔绝

姑苏城外

全诗这四个字最厉害

老厉害了

姑苏城外

我在姑苏城外

就是在人世之外

一个鸟瞰的视角

上帝视角

又是凡人视角

真叫一个厉害

因为姑苏城外

唤出了姑苏城内

寒山寺

寒山寺我去过

去喊张继

夜半钟声到客船

移舟泊烟渚

到客船

泊烟渚

到客船

泊烟渚啊

咚嗡嗡嗡嗡

野旷天低树

咚嗡嗡嗡嗡

江清月近人

咚嗡嗡嗡嗡

钟声回荡

张继一跳

孟老师上了岸

大儿锄豆溪东

清平乐·村居

宋·辛弃疾

茅檐低小，溪上青青草。

醉里吴音相媚好，白发谁家翁媪？

大儿锄豆溪东，中儿正织鸡笼。

最喜小儿亡赖，溪头卧剥莲蓬。

每回看这首诗的时候

都看到大儿锄豆溪东

随手一翻开

大儿就锄豆溪东

隔段时间再看

大儿还在锄豆溪东

过了好多年看

大儿依然锄豆溪东

大儿啊

你锄豆溪东

你从来不锄豆溪西

你一直锄豆溪东

永远锄豆溪东

我一想起你

就想起你在锄豆溪东

吭哧吭哧

大儿锄豆溪东

中儿正织鸡笼

大儿锄豆溪东

小儿卧剥莲蓬

从远处看

很远很远的地方看

你只是一个小黑点

晃动的小黑点

但看得出来你在锄豆溪东

凑近了看

你确实在锄豆溪东

你二弟在织鸡笼

三弟在剥莲蓬

你爹妈在聊天

你在锄豆溪东

过了很多年

你还在锄豆溪东

又过了很多年

你还在锄豆溪东

一年又一年

一个世纪又一个世纪

大儿锄豆溪东

一口气都不歇

也不去织鸡笼

也不去剥莲蓬

沧海桑田

大儿锄豆溪东

诸法皆空

大儿锄豆溪东

二弟在织鸡笼

三弟剥莲蓬

你锄豆溪东

老三翻了个身

还在剥莲蓬

你锄豆溪东

二弟擦了擦汗

你锄豆溪东

溪里有鱼

虾

螃蟹

水草

鹅卵石

云的倒影

倒影在散

在散的同时随水波起伏

水草摇晃是流水捋的

岸上的草摇晃是风吹的

风也吹到你了

你没晃

你在锄豆溪东

大儿啊

我陪你锄豆溪东

我们锄豆溪东

太阳起来

我们锄豆溪东

月亮起来

我们锄豆溪东

刮风

我们锄豆溪东

下雨

我们锄豆溪东

反正

我们锄豆溪东

横竖

我们锄豆溪东

我们

锄豆溪东

我们锄豆

溪东

我们锄豆溪

东

我们锄豆溪东

大儿

大儿啊

锄豆溪东

大儿锄

大儿锄

大儿我们锄

豆溪东

中儿让他织鸡笼

我们锄豆溪东

小儿让他剥莲蓬

我们锄豆溪东

我们锄

我们锄

豆溪东

我们锄豆

溪东

我们锄豆溪

东

大儿锄豆溪东

大儿啊

只要我一想起你

就想起你锄豆溪东

想起锄豆溪东的日子

想起锄豆溪东的岁月

想起锄豆溪东的前世今生

想起锄豆溪东的轮回

有一世

我锄豆溪东

又有一世

大儿锄豆溪东

还有一世

我和大儿一起锄豆溪东

锄啊锄

豆溪东

我们从来不去溪西锄

我们只在溪东锄

孟浩然好

与诸子登岘山

唐·孟浩然

人事有代谢，往来成古今。

江山留胜迹，我辈复登临。

水落鱼梁浅，天寒梦泽深。

羊公碑尚在，读罢泪沾襟。

后半节我不喜欢就不说了

只说这前半节
浩然兄穿梭在时空中
他在空间中
也在时间中
人的空间感知力是极弱的
对时间的感知更是罕见

浩然兄这二十个字

深得痕迹派的悲凉茫然

所有的痕迹都令人感动

牛衣古柳卖黄瓜

浣溪沙·簌簌衣巾落枣花

宋·苏轼

簌簌衣巾落枣花，村南村北响缫车。

牛衣古柳卖黄瓜。

酒困路长惟欲睡，日高人渴漫思茶。

敲门试问野人家。

看完苏轼这首诗

我想去柳树下

找那家伙称两斤黄瓜

再跑快一点

苏先生还没有敲门

我就把泡好的茶捧出来

1078年春天的那个下午

苏先生才举起手还没敲

我就端着茶开了门

带月荷锄归的锄

归园田居·其三

魏晋·陶渊明

种豆南山下，草盛豆苗稀。

晨兴理荒秽，带月荷锄归。

道狭草木长，夕露沾我衣。

衣沾不足惜，但使愿无违。

带月荷锄归

陶渊明在写这句的时候

并没有理解这个"锄"字

在这首诗中

"锄"字好像理所当然

实际上不仅"锄"字

"荷"字也埋藏人类的历史

但他（陶渊明）扛着历史前行

313

浑然不觉

这就是语言里不可思议的奇观

每个人写的都是途中所见

不理会锄头从何而来

停在他的肩上

后记：末代智人

人类是符号的动物，吸食意义，也被意义驱使。我们用意义驯养自己，穿衣打扮，吃香喝辣，谈情说爱，吟诗作赋乃至于战争与和平。

符号和意义的结构，是人类世界的基本结构，一切都是符号和意义的结合。符号携带的意义，随语境的变化不断变化，符号与意义永不停息地繁衍，相互纠缠紧张，构成了这个完全语义的世界。这就是我们的世界——智人的世界。我们出生在这个世界里，也会死在这个世界里。

人类发现了声音的可塑性，发现自己的嘴巴发出的声音可以作为塑造符号的材料。言语由此产生，言语产生了一个无限的符号系统，也同时产生了一个无限的意义系统。符号和意义可以通过空气的震动，在空中传播和旅行，碰到谁就淹没谁。

　　不记得从什么时候开始，我把自己的写作视为智人的写作，作为一个物种在写。这个物种是短暂的，智人是一个过渡物种。超人就在不远的将来，几十年、几百年或者几千年，反正没多少年了。

　　我把自己写作中诗的出现的这个现象称之为语义悬停，诗中的每一个词都突然处于绝对松弛的状态，不再被意义吸引。

　　超越语言是不可能的，但在一首诗中，短暂的语义悬停，使诗成为可能，成为弃绝意义而得以悬停于语言之内的孤体。

　　一首诗就是一个语言世界中的孤体，孤立、完备、自足。这就是诗和世界的关系。

从最早的一首诗算起，这本诗集收录了我近三十年的写作，以后每隔几年我都会出一个增订版，把新写的持续放进去。我觉得《有人写诗》这个书名概括了我所有的写作，我不擅长写作这件事，我只是写，写一首算一首，反复练习。

最后说一下我自己。我是一个智人，出生在一个智人家庭，有父母和哥哥，在山里长大。后来我走出大山，在沿海求学谋生，再后来我和我太太结婚，生了两个小智人，两个可爱至极的女儿，组成了一个新的智人家庭。写到这里我给大家表演一个魔术吧，智人都喜欢魔术。

你看我的手，左手，张开，看清楚，五指分叉，里面什么都没有。

缓缓地，攥成一个拳头，很慢，你看见我什么也没抓住，手里面空空的，攥成一个空空的拳头。

这是我最喜欢的魔术，我经常表演给自己看。

我朝拳头吹了一口气。

然后缓缓地伸开五指。

奇妙的事情发生了。

手指一点点张开，拳头不见了。

变出了一个手掌，五指分叉。

水迹

作者：我的太太，徐雨濛

拎着袋子走在小区里
路上静悄悄的

天快黑了
路灯还没亮
四周的房子都很模糊

顺着大路
走上台阶
穿过草地
绕过花台
经过一道铁门
向左转弯
泳池就出现在眼前

一个人也没有
水影在晃动
泳池边有摊水迹
一直延伸到更衣室

激发个人成长

多年以来，千千万万有经验的读者，都会定期查看熊猫君家的最新书目，挑选满足自己成长需求的新书。

读客图书以"激发个人成长"为使命，在以下三个方面为您精选优质图书：

1. 精神成长
熊猫君家精彩绝伦的小说文库和人文类图书，帮助你成为永远充满梦想、勇气和爱的人！

2. 知识结构成长
熊猫君家的历史类、社科类图书，帮助你了解从宇宙诞生、文明演变直至今日世界之形成的方方面面。

3. 工作技能成长
熊猫君家的经管类、家教类图书，指引你更好地工作、更有效率地生活，减少人生中的烦恼。

每一本读客图书都轻松好读，精彩绝伦，充满无穷阅读乐趣！

认准读客熊猫

读客所有图书，在书脊、腰封、封底和前后勒口
都有"读客熊猫"标志。

两步帮你快速找到读客图书

1.找读客熊猫

2.找黑白格子

马上扫二维码，关注"熊猫君"
和千万读者一起成长吧！

《有人写诗》发布会

时间：2022年7月8日晚

诗 到语言为止

林东林：各位观众朋友，大家晚上好。我是林东林，很荣幸在昆明主持华楠《有人写诗》这本诗集的新书发布会。

华楠这本《有人写诗》集结了他近三十年来的写作，收录了他的179首诗、20篇诗论。不过这20篇诗论也可以被当成诗歌来读。今天这场活动邀请到了两位著名的诗人，他们是我们中国当代诗歌界的泰山北斗——于坚老师和杨黎老师。两位老师是我国第三代诗歌运动的领军人物，相信很多读者都对他们有所了解，这里就不多做介绍了，我们直接进入这本书的分享环节。我今天跟华楠聊天的时候，知道了一条信息——他在读大学的时候，就很喜欢于老、杨老，还有韩东老师的作品。华楠读中国当代诗人的诗歌时，很苦恼的一点是，他很难找到纯正的当代汉语写作，但是在他们的作品里面读到了。因为联系的不方便和阅读渠道的缺失，直到很多年以后，杨黎在成都做橡皮文学网，华楠才通过乌青认识杨黎。他们真正结识是在2006年，我们请杨黎介绍一下跟华楠的交往过程。

杨黎：挺好的。我和华楠的交流很简单，也很有意味。所谓简单就是，我认识他的时候，他没有跟我说他在写诗。他是一个比较低调的人，或者"隐蔽"的人。他在我们的圈子里面，我都不知道他写诗，更不知道他有一个笔名叫"一闪"，我只知道华楠是个很有朝气的人。当时，他就和我们这个圈子里同龄的年轻人交往很多，而且很深，甚至一起干事，比如说创立了读客文化，这是最早的印象。后来我发现他是一个哲学家，很喜欢谈论哲学，和我谈论的更多的也是他在哲学上的思考。我认为他的思考很深刻、很出奇，与其他哲学家相比更显另类，和我"臭味相投"，所以我们很快就成为朋友了。我说："你为什么不写诗呢？"他说："我写啊。"那个时候已经是2008年了，我才知道他也写诗，而且写了很多诗。从某种意义上讲，他是厚积薄发的诗人。去年，他开始把他的诗拿出来，在很多地方展示、发表。到现在为止，在我所认识的朋友里面，我没有听到对他诗歌不好的评价。有的是沉默，那些沉默的人有各种原因；有的是赞扬，而这些赞扬的人，也都是我认为诗写得好的。华楠一开始就喜欢韩东、于坚，他喜欢"对"的人，所以"对"的人也会喜欢他。他的创作路线从一开始到现在都是纯正的。诗人不能动不动"我就是我，我是我自己，我要表达的就是什么什么"，这种人的诗我一般都不看。华楠那种有规矩的纯正路线，是有传承的，有过自己喜爱的，而他的喜爱和我的喜爱是相通的，那么我认为他肯定会写得很好。我就不喜欢很多年轻诗人动不动"我是我自己，我想怎么样就怎么样"。很多人其实不是他自己，要想成为自己是很难的。华楠称得上是他自己，不仅仅在诗歌上，其他各方面他都是他自己。他的哲学思想，我是鼓励他写出来的。他的哲学思考性的文章，我也看了一些，很有见地。等他的下一本作品吧，诗歌他会写下去的。我先说到这里。

林东林：杨黎回顾了他跟华楠相识的过程。华楠之前还跟我提到，他跟于坚老师第一次见面的时间挺近的。二人第一次见面应该是在成都，第二次是在上海，但是这两次见面他们都没有特别深入的交流。于老师，您看华楠《有人写诗》这本诗集，以及和华楠这个人的两次见面，您是怎样一种感觉？

于坚：我之前其实不知道华楠是谁，因为我现在不太关注当下的诗歌写作。杨黎说有一个诗人叫华楠，要把他的诗集寄给我。我是比较信任杨黎的审美的，就把地址给了他，然后收到了华楠的诗集。收到后我开始翻看，读了第一首，我就觉得这是一个非常优秀的诗人。评判一个诗人，其实不用读很多，我觉得读一首就够了。后面我又把这本诗集里的诗大致地翻了一下，我以为他是一个二十几岁的小青年，今天才知道他已经年纪不小了。而且杨黎刚才讲了，他已经写了很多年，据说我们还见过两面，但我根本没有任何印象，所以我看华楠的诗集，可以说是以一个陌生的读者身份去读的。我不认识这个人，也不关心他是一个什么样的名人，他获过什么奖，或者是什么学生或朋友，他对我而言就是一个陌生的作者。我看了华楠的诗集，就决定参加他的作品发布会，我觉得这个才是一个读者和一个诗人之间应该发生的真正的关系。今天的很多诗人都有很多耀眼的头衔和光环，譬如获过什么奖，曾在某些刊物发表过什么作品，等等。但是他们的作品相当糟糕，我不屑一顾。华楠没有把精力花在这些虚头巴脑的事情上，这是我非常喜欢他的一个地方。那天下午，我看过他的诗集之后，当场就写了一首诗。我现在愿意念一下这首诗。

这首诗叫作《有人写诗》：

今天下午，

正在读《杜尚词典》，

他说安静、缓慢以及独处。

快递员送来一本书——《有人写诗》，

书名很好，

但华楠是谁，我不认识。

是抽象的华，还是具体的楠。

小七就有一棵楠树，被谁家锯了，

做成一把椅子。

好吧！读第一首看看这位是谁。

玫瑰在行动。

今天晚上回家的时候，

看见电梯内的广告牌上插着一支玫瑰，

我把它取下来闻了一下，
又顺手插在邻居的铁门上，
很美！也很勇敢！
它插在铁门上。

这就是我要说的。

林东林：感谢于老师。因为读了华楠《有人写诗》中的第一首诗，自己也写了一首给华楠的诗，并在里面提到了华楠。

我想很多人不一定明白一个问题：《有人写诗》这样一本诗集，这样一本作者不是作为一个诗人，也不是作为一个企业家，而是作为一个普通人所创作的诗集，其意义何在？在我看来至少有两种意义：一种是对当代诗人、诗歌写作者和诗坛的意义；另外一种是对普通大众的意义。我看了之后有着两方面的感觉：对诗人和诗坛来说，华楠的诗跟那些假大空的东西截然分明；对普通人来说，这可能会让他们觉得"这也是诗吗"，但他的诗同时也可以给普通人带来鲜明的诗歌教育，让他们觉得这也可以是诗，自己也可以写诗。两位老师怎样看待这本诗集对诗人、诗坛和普通读者的意义？

于坚：华楠这本诗集我觉得最重要的特质是：它会使你热爱生活。我说的这种生活，不是他们讲的有"诗和远方"意味的生活，而是每个普通的、正常的人，每天在过的那种生活：在电梯里、家里，一个偶然的傍晚。诗不是和人的生命、生活无关的一个东西，也不是什么理想主义、浪漫主义的，诗就是你生活的方式。而且更极端地讲，我认为诗就是生活。没有诗的生活，是不值得过的。这种生活并不是说，你要到什么远方，到面朝大海、春暖花开的地方，你才有诗。不是的。华楠的诗就是每个人每天要过的、平凡的日常生活。在这种生活里面，他通过正常的语言，把这种生活呈现出来。那么为什么会有很多人看不懂？因为他们所受的诗歌教育让他们认为，诗就是某种和生活无关的东西，是某种做作的东西。所以当忽然发现一个人的诗写的就是你自己，写的就是你走进电梯里的那种感觉的时候，大家心里就会咯噔一下——这也是诗吗？因为在今天，一般的诗歌教育已经把诗变成了一种必须要有某种正确的、高尚的意义的东西。那样的诗会使读者认为，你的日常生活，你置身其中的世界，是一个不值得存在的世界。美好的生活是在远方，是在彼岸。但是我觉得华楠这样的诗，是存在主义的诗，他写的是生活在他自己生命中的样子。他用的是他自己每天说的那种语言。这一点可以追溯到中国当代诗歌的历史。刚才杨黎也讲了，华楠作为一个诗人，他很诚实，他承认诗歌是有时间性的，是有传统的，他的诗并不是凭空而起的东西。他说他喜欢我的诗歌，喜欢杨黎、韩东的诗，我认为他走的诗歌之路是对的。第三代诗歌于八十年代在中国崛起，我觉得这是现代文明重要的历史事件。因为在第三代诗歌以前，中国的文学，包括诗歌，都以表达某种有意义的东西为主旨。但是到了第三代诗歌，这些诗人扭转了这一方向，也就是韩东讲的"诗到语言为止"。那么实际上，写诗，它不是写意义，它是写语言。你存在于什么样的语言中，你就写什么样的语言。我觉得在这一点上，华楠是一个诚实的诗人。他忠实于他自己的语言世界。他从来不认为他自己的语言世界是一个低于诗歌的东西，他自己的语言就是诗。在这种诗里，我看到的是一种对生活的热爱、赞美和自信，而不是对生活的判断。至于华楠这个诗人，他写的这本诗集里面所呈现的生活、世界，是你喜欢的，还是不喜欢的，或者是好的，还是不好的，那是读者的事，不是华楠的事。我觉得诗人只对语言负责，不对意义负责。我先讲这些。

杨黎：于老师讲得挺好的，讲到了一种传承。我记得东林刚才问到了这些问题，就是说我们和华楠之间，以及我们和现代诗歌之间，第三代人的诗歌主体上是有一种这样的贡献。什么贡献呢？我一直认为，在第三代人之前，中国现代汉语是不成熟的。中国的现代汉语就像我们以前看见的诗歌一样扭扭捏捏的，因为它毕竟是从文言中脱胎而出的。到了第三代人以后，像于大师、韩大师等，包括莽汉主义诗人和丁当他们，也包括我，为中国现代汉语的成熟，是做了绝对贡献的。因为到了后面才有了所谓的"后口语"，"后口语"是成熟的现代汉语里面的文学流派，它还不关乎语言本身。

那么在这种成熟的现代汉语里面，就诞生了新的年轻人的写作。这种写作很多，于老师说他基本上不看，我倒是看了很多。有的人写得几乎都挺好，有的人也写得很不错。这些人分成几种，现在我不一一说出来了，他们都是今天的中国诗歌界最活跃的年轻人，包括新诗典，包括浩波，甚至伊沙在内。整体上，诗歌形成了一种风气。在这种风气里面，我们不说优劣，我只谈个人感受。我推崇华楠，认为华楠更优秀的原因就在于，这种诗歌的写作，不管是什么样的写作，口语的嘛，都流于一个最大的特点，就是诗歌是到什么为止的。他们已经不是到语言为止了，他们有表达，有很强烈的表达，也有批判性。新诗典就是很典型的有批判性的。

还有一种就是没有批判性的，比如说近似于橡皮文学网的写作，玩技巧的。但是它们总体上都有一种东西，就是有一个表达。而它们的表达（我不是说不该表达）在本体上，我个人是不太喜爱的。为什么呢？这就说到了华楠。我在刚开始的时候说了，华楠是富有哲学思考的人，他的哲学思考很深，在诗歌里面他却并没有表现出来。华楠在《有人写诗》这本诗集里面，无处不呈现出他有一种超越我们现代年轻人的感受，那叫形而上，这和我们第三代人的核心诗人是接上的。我们认为这个东西，如果放弃的话，诗歌就真的流于表面主义了。我不管今天说的这个话，得罪了多少年轻人，我都希望他们能够多一点这样的思考，否则写作就变得有点肤浅了。我随便翻一首华楠的诗，让你们感受一下他在平淡中所呈现的形而上的意味。

这个是我随便翻到的。这首诗的名字叫《临时决定》：

临时决定

我搭最近一班飞机从上海到昆明

下了飞机

我按短信的地址打车去见人

车开了一段时间

司机突然骂了一句"你这个狗日的"

我问他说什么

他说那个骑单车的

这时我看到一个系着红领巾的小女孩在人群中站着

她在等红灯

同时伸出舌头舔手上的冰棍

它里面如果不蕴含着形而上的意味的话，它就会成为一首没有意义、没有价值的诗。它有了形而上的意味以后，就变得高级、专业和有深度。而且我就喜欢这首诗，大家可以批评我。

于坚：我补充一下杨黎讲的。刚才杨黎念的诗是非常好的诗，这首诗我听出一种悲悯，但是这个悲悯并不是事先的观念和意义。华楠要把这个悲悯表现出来，而这种悲悯是他的语言自身呈现的结果。像刚才杨黎讲的，这首诗是白话，但是很多诗人，我认为他们是在写寓意。白话是一个工具。通过白话来表达一种意义，和语言就是存在本身，这是完全不同的两种概念。我为什么认为华楠的诗好？因为他写的是他自己的语言。你写语言就是在写自己的身体、生命，因为这种语言是独一无二的。一个诗人和另外一个诗人之所以有区别，就是因为他们的语言不一样。这个和书法是相似的，虽然书法的笔墨，大家都是一样的，汉字的笔画横竖撇捺，大家也是一样的，但是这支笔放在每个人的身体里面，写出来的字是不一样的。那么你这个字写得好，还是写得坏，是不是写得有悲悯之心，我觉得和这个写书法的人的生命有关。我看华楠的诗，刚才杨黎讲他不肤浅，不肤浅是因为，你会发现这是一个有厚度的生命。有厚度的生命不随便对人生发表一些看法。很多白话诗，我觉得它只是一种批判，是在阐释对生活的看法。华楠忠实于自己的语言，而这种语言在他的生命中，他就具有厚度、深度，那么他自然会在诗中呈现出来。他的语言里面本身就没有悲悯，譬如那个司机骂了一声"狗日的"，一个系红领巾的小女孩在吃冰棍，他的悲悯感仅仅是语言所造成的结果，并不是他故意要写的。我觉得这是华楠的诗能够打动人的地方。

其实这种东西说到底，它是一种古老的写作。中国的文明就是起源于诗的，《易传》上面就说，"修辞立其诚，所以居业也"。写作是诚实的，诚实是什么？表里如一。只有诚实，所以居业也。为什么华楠能够写诗，同时他又是一个成功的商人、企业家？就是因为"修辞立其诚，所以居业也"。不要说诗是风花雪月的、远方的，那只是对修辞的玩弄。中国自古以来的诗，如果作者都能做到"修辞立其诚"，那么必然会得到像华楠这样的结果。

写诗是追求存在的过程

林东林：感谢于坚老师和杨黎老师对《有人写诗》的解读。我觉得两位都说得非常好。这样一本诗集，有很多人可能不太了解的地方在于，在我看来，它是一本不能被称为诗人的一个诗歌写作者、一个普通而具体的个体，写给千千万万的个体所看的诗集，所以我觉得特别有价值和意义。现在我们也来连线一下这本书的作者华楠，听他分享一下自己这么多年的诗歌写作。华楠兄，你好！

华楠：于老师好！杨老师好！东林兄好！

林东林：华楠兄在三十年前读于坚老师、杨黎老师的诗时，恐怕从来没有想过会有此时此刻的一幕。请你分享一下当初读他们作品时的体验。

华楠：上大学时看到于老师、杨老师、韩老师的作品，给我打开了真正的现代汉语的大门。在此之前，我没有途径看到用汉语写作的大师的作品，因为我个人对五四时期的作品不是很热爱。但也有个别的，像沈从文、鲁迅、林语堂，我非常喜欢，因为他们用现代汉语、用我们嘴巴里的语言进行写作。那个时候我二十岁左右，处在非常迷茫和困惑的时期，当我看到于坚老师的"事件"系列时，那种为我日后的写作奠基的感觉，到今天都记忆犹新。后面我又看了杨黎老师的《怪客》，又看了韩东老师大量的小说。整个大学期间，三位大师对我的影响是透彻完整的，是穿透每一个细胞的。所以于老看我的作品，说不定也能看出您对我的影响。我觉得到今天，我如果去判断一下自己的写作，确实有一种对八十年代诗歌运动的某种延续的感觉，所以我也很开心刚才杨黎老师说到的，我的作品和他们有一种师承关系。有人说承认自己是别人学生会不好意思，但如果大师不嫌弃，我是非常自豪当您学生的。今晚于老和杨老在一起讨论，对我这本书说几句话，于我而言是非常梦幻的夜晚。谢谢两位老师，也谢谢东林兄。

林东林：很多读者在知道今夜有这场发布会后，在网络上提出了很多问题。我看了一下，其中有一个跟我之前想问的很像。华楠兄，你之前跟我讲过，你的本科是在郑州读的理工科，硕士是去广州读的文科，这期间看了大量的诗歌作品。但是后来，包括从开始写作诗歌直到现在为止，你从来没有以一个诗人的身份去写作，也从来没有把自己定位成诗人。这一点是跟于老、杨老和韩东身份不一样的地方。你觉得这个身份的不同，为你写作带来了怎样的影响？

华楠：这个观念具体是怎么形成的，我不记得了。我只是记得，我一直否认（诗人身份）。首先我觉得人人都应该写诗，我只是一个"人人都应该写诗"的践行者，我不把它当成自我身份的一种确定方式。要说自我身份，只有一个我是确定的——我是一个企业家。因为这是我和社会之间的关系，我和社会发生关系主要是以企业家的身份进行的。我跟别人打交道，我必须亮出身份，否则别人不跟我做生意。但是写作这个事情，一方面，这是私生活的一部分；另一方面，就像吃饭的人不会说自己是个"吃饭人"，上厕所的人不会说自己是个"上厕所人"。对我来说，吃饭和上厕所比写诗更加频繁，所以写作这件事情，没有办法用来界定我，诗人不是我的一个身份。

林东林：对！我记得你之前讲过，你写的内容、你的写作方式，就是普通的、个体的、具体的，与你作为一个人相等。它从来不会大于人，从来也不会小于人，而是一直等于人的。我曾在一次演讲活动中听你说过，你写诗也是有方法的，叫"用超级符号的方式去写诗"。那么请你分享一下，你的超级符号是什么样的，什么才是"用超级符号的方式去写诗"。

华楠：那是一个口误，不是用方法去写诗。我经营企业有一个理念，这个理念是"人人受符号的指引"。写诗对我来讲，其实基于这个理念的反面。作为人来说，我要摆脱符号对我的影响，或者破除符号对我的影响。今年以来，我讲一个东西讲得比较多——我越来越感觉到自己"浑然一体"。我不管做什么事情、跟谁说话，我始终从自己的中心出发，不会动摇，也不会犹疑。核心的东西，是我对世界的理解，我对工作的理解。我对写作的理解，它是同样的一个理解。我说符号与意义的结构是这个世界的基础结构。我挑了很多词，挑了"唯一结构"，挑了"基本结构"，最后定了"基础结构"。我对世界的理解是，这个世界的基础是符号与意义的二元结构。作为一个生意人来讲，因为这个世界是符号与意义的二元结构，我要卖一个东西给别人，我要输出一个意义给别人，我就要选择一个高效的符号；而作为写作者来讲，我在写作的时候，我想通过我这个理念，去指认这个世界与符号和意义的结构。所以我写的很多东西，最终写完之后自己会评判一下，这首诗是不是已经不再受任何符号的束缚。它已经不再有，就像刚才于老师和杨老师都谈到，已经不再有东西想要抒发。诗歌如果想要发挥社会功能，和社会发生关系，想要去批判，一旦出现了那些词，就又再次卷入了符号与意义的结构。我觉得我写的东西，它就像一个孤体一样，它和社会之间不发生关系——是本身不发生关系。它既不指证什么，也不抒发什么，也不批判什么，也不赞美什么，它就是一个孤体。你读它的时候，会发现它什么也没讲，这就是"废话"理论。从这个角度来讲，我是杨黎老师忠实的学生。它什么都没讲，但是你可以在里面看到所有东西，因为诗是一个本质的状态，是一个人本质的状态。虽然你没有感受到，虽然你没有写，但是你的状态本身就是诗。我今天还在说，你走进一间房间，这个房间里有一个凳子，你走过去坐下来，你对整个过程没有意识。你走进房间，看到凳子，坐下来，这个过程就是人类文明发展至今出现的伟大、璀璨、无与伦比、不可思议的成就。如果把这件事情写出来，就是很美好的事，所以"用超级符号的方式去写诗"其实是个口误。对我来说，写诗和做生意是我对世界的同一个理解的两个维度的操作。我不愿意用方法来写诗，但可以说我是用写诗的方式来做生意。

林东林：我刚才听你给我们做这个分享之后，有一个特别强的感受——可能很多人（包括我们四个人）写一首诗，对一个写作者而言，这是一个追求自由的过程，但作者其实未必处在自在的状态里面。我觉得，如果写诗是为了追求自由，这种状态可能就已经让写诗者先输了一招。因为有目的、有方向地想干点什么，自在就不见了。像你刚才讲了，你的诗是一个孤体，本身存在的方式是待在那里，并不是为了要做什么。我想这点可能在你身上表现得跟很多企业家不太一样，首先很少有企业家写诗，在很多人看来，企业家和写诗是完全不搭边的。但是我知道，就你个人的状况来说，没有语言上的认知，没有写诗的话，可能你商业上的成功也是要打折扣的。你自己同意吗？

华楠：肯定的。

林东林：跟我们分享一下。

华楠：现在非常有名的超级符号方法，我认为是我阅读的这些诗人对我产生的影响，他们帮我建立了理解世界的方式，然后才有超级符号方法。你不能说左手有利还是右手有利，左边好看还是右边好看。它是一个人，它是一体的。刚才于老师讲到的我非常感激，他谈到作者的真诚，我也是这样想的——只从真实的地方出发。我经常跟同事讲一句话："天下武功，为真不破。"因为你是真的，你就无所畏惧；你是真的，你就不怕失败。如果失去真实，你就已经输了。

林东林：华楠兄，我和杨黎都跟你见过面，也有过很多交流，但于老师跟你虽然见过面，但是没有直接的沟通。我想请你跟于老师进行一个直接的沟通。

于坚：华楠刚才讲得太好了，和我想的完全一样。实际上很多年以前，我就意识到杨黎的诗同中国古典诗歌一样，有一种及物性。它不是凌空高蹈的东西。如果语言就是存在，那么你用记忆里的存在——我们说诚实——来写作，它必然影响到你的生活、你的事业。我举个例子，白居易的诗，他影响了日本的明治维新。日本人非常喜欢白居易，因为白居易的诗告诉人们，你来到这个世界上，重要的是生活，一种高质量的生活。你高质量的生活，必然是一种高质量的语言。我觉得华楠的诗有一种及物性，不像海子的诗，后者完全是一种和生命无关的、高蹈的东西。正因为这种及物性，它才是一种最形而上的东西。因为最高的形而上来自最低的形而下，就像美国现代主义建筑大师路德维希·密斯·凡·德·罗讲的，"上帝在细节中"。细节就是一种及物性。像华楠的这些诗，都是充满着细节的，而不是想当然的"面朝大海，春暖花开"，完全没有细节。如果一个诗人注重细节，这点必然影响到他的生活，因为他的生活本身就是充满细节的。他在商业上的成功，受这种及物性影响也是必然的。我觉得中国从我、韩东、杨黎开始，到现在这个时候，还有像华楠这样的诗人出现，是汉语诗歌的重大转折点，对中国诗歌的历史进程是一个推动。诗不再只是一种修辞的、风花雪月的玩弄。诗人的形象为什么在今天的中国这样，因为诗人都是没有身体的、没有行动能力的、不能做事的这种人。孔子说："不学诗，无以言。"孔子还说："诵诗三百，授之以政，不达；使于四方，不能专对；虽多，亦奚以为？""修辞立其诚，所以居业也"，诗（修辞）是让人"居业"的，不是让人自杀的。诗是一种存在，你不写诗你就不存在。没有诗，你只是一个动物性的存在。通过诗，人才能够真正地解放生命，人才能够被称为人，这是中国最古老的、非常重要的传统。

老子讲"道法自然"，刚才我们讲的诚实、真诚，就是"道法自然"。因为今天我们总是被各种各样的观念和意义控制着，我们生活在这些非此即彼的意义、是非当中，而这些意义、是非随着时代而消失。在这个时代是对的意识，在另外一个时代就不对。但是只有诚实的语言，是可以穿越时间的，我认为这种才是真实的存在。这也就是为什么在今天，我们阅读李白、杜甫的诗，依然会为之感动，因为那是语言本身的力量。在华楠的诗里我看到了这一点。我很振奋的是，我认为经过杨黎、韩东我们这一代的努力，今天到华楠这里已经慢慢地有了一个小的传统。

华楠：感谢于老师。于老师讲到了及物性，这个及物性我非常有体会。我经常开玩笑，说自己脑子不行，只能处理简单的事物。诗歌一旦上升到道理，上升到于老师讲的"高蹈"，我一下子就丧失了兴趣，丧失了信心，也丧失了处理这些事情的能力。我只能去思考我看见的，简单的、连续的、有逻辑的，或者是人人都能够理解的，我不愿意理解一个别人理解不了的东西。我也听有的人讲，看了我的诗之后，至少觉得很舒心，因为没有一句话看不懂。我想，我完全拒绝"高蹈"，或者说拒绝从精神上去升华。还有于老师讲的"面朝大海，春暖花开"，那是顺口溜级别的东西。我们国家目前的汉语阅读和欣赏水平，确实远远没有赶上创作的水平。流行的作品，我不应该批评，我只是表达一下自己的看法。

于坚：关于诗歌的及物性，我再说一点。我看杨黎早年的诗，为什么很喜欢，就是因为对于杨黎来说，语言就像画家的颜料一样，是符号，而不是意义，因为语言本身就有意义。你在利用语言的时候，应该回到语言自身，语言仅仅是一个符号。这也有罗兰·巴特的思想在里面，但是我觉得是对的。因为中国《诗经》这样的东西，你今天看，它纯粹只是一些符号的组合，那它为什么到今天还能感动人？《诗经》在那个时代所写的寓意，那些诗人所置身的时代，早已经灰飞烟灭了，为什么《诗经》还能穿越时间，引起我们的感动，唤起我们对生活的热爱？我想就是"修辞立其诚"。今天的中国诗歌早就遗忘了这一点，而这正是我们写诗最伟大的传统。

杨黎：刚才于老提到了及物性。这是一个很重要的现代诗歌观念，以及现代写作的某种形态。在华楠的这本《有人写诗》诗集里面，我们随手会找到很多及物性很强的、很饱满的诗篇。我现在暂且不去找。在我们第三代人写作里面，一般流传至今天的，比如像韩东的《你的手》，他写一个很简单的事件，非常及物。比如像"窗外正是黄昏，有人在卖晚报"，仿佛很对仗、很押韵，但也很及物。于老诗中的及物性都不用去找，在那个时代，他的作品几乎都是这样，《大街拥挤的年代，你一个人去了新疆》等都影响了这个时代。我自己写诗也是这样的。

写诗是对生命的练习

林东林：刚才三位都提到了一个词——及物性。我想《有人写诗》这本诗集，对当代诗坛和诗人的意义先不谈，单对普通大众来讲，它有一个巨大的意义。华楠兄这本诗集，为所有的普通人，为每一个日常状态下忙碌的普通人，提供了一个鲜活的样本，每个人都可以在这样的生活里去写诗。这部诗集告诉我们，其实写诗并不难，它可能是我们付出成本最低的，但是体验度最高的一种存在方式。对现在还没有写诗，但是将来可能会写诗的，内心有潜在诗歌需要的普通读者，华楠兄有什么想说的吗？

华楠：东林兄，你这个问题提得特别好。这本诗集叫《有人写诗》，无所谓是谁在写。我自己写作，只用最简单的字眼，我的好朋友孙智正说过，他想一生只用500个字来写作（但是肯定没有实现，字数超过了）。不过他表述的意思很清楚，就是他想用任何人都可以操作的方式来写作。任何人都可以用最简单的方式，而且用最简单的句式写出最好的作品，前提是你要一直写，永远写，像滴水穿石那样去写作。不管怎么样，我每天都写一写，写得好也写，写得不好也写。或者说，我其实根本不在乎它到底好不好。我觉得对我来讲，每一次写作都是一次生命的练习，都是一次对自己生命观念的验证或实践。我觉得这样的诗，人人都可以写。尤其在今天，没有理由不写，我算是做了一个示范。不管什么事情，不管多简单，多日常，多不起眼，多无聊，你写它，反复尝试。像我大部分的诗，我会在几年时间里反反复复写很多次，最后一次才把它定型下来。包括在我的诗集里面，大家会看到，同一个主题被我反反复复写，事实上它们跨过了二三十年的时间。像一个水杯，我可能二十年里面就写了四五首，七八首都有可能。这种写作，它永远是一种对存在的反反复复的简单临摹。每一次临摹，我都试图通过它去理解这个世界。这件事情确确实实是人人都可以做的。我有一个座右铭，不知道大家是否认为我做到了，座右铭是这样的：一定要平庸地活着。我并不希望活成优秀的人，我希望活得和所有人一模一样。大家好像并不认为我平庸。但是我想说的是，我的确希望成为人类平均数中间的那个人，不希望自己有任何特别的地方。所以像刚才东林兄讲的，我这样一个自我认知、自我定位、自我要求的人在写作，而且从中享受到无穷的乐趣。这样的写诗方式我推荐给所有的人。只要你有这个冲动，提起笔，一直写下去就好。

林东林：是的，写诗是最难但也最简单的动作，写下去就行了。刚才你说自己追求做一个平庸的人，其实这个难度不亚于杨黎追求"废话"的难度。我们都在追求"废话"，追求平庸，但是很难抵达。不过你的话至少让我明白一点，即"有人写诗"这四个字表达的画面，是有人在写诗。这个画面给我们一种既神秘又日常的感觉，呈现了华楠这样的诗歌写作者鲜为人知而又应该被广而告之的一面。作为你，作为我们每一个人，我们都应该拿起笔，用"写"这个动作，跟这个世界发生关系，用语言来表达在这个世界的存在感。我想有越来越多的人读完《有人写诗》之后，也会提笔写诗，这就是《有人写诗》的价值和意义所在。视频连线的最后，请华楠兄朗诵一首诗，但是不是你写的，是你太太写的那首《水迹》。

华楠：谢谢东林兄给我拍马屁的机会，要不然我可就错失了。我的太太和我是大学同学，她非常有才华，也非常有天赋。我一直鼓励她写诗，但是她只是时不时写一写。这次，我挑了一首她的作品放进了我的诗集。就是这首《水迹》，我给大家读一遍：

拎着袋子走在小区里
路上静悄悄的

天快黑了
路灯还没亮
四周的房子都很模糊

顺着大路
走上台阶
穿过草地
绕过花坛
经过一道铁门
向左转弯
泳池就出现在眼前

一个人也没有
水影在晃动
泳池边有摊水迹
一直延伸到更衣室

林东林：特别好，我刚才看到于老还有话要说。

于坚：我讲一下，我觉得华楠这本诗集的名字非常好。我想这个名字提醒了我们这个时代的读者，为什么诗能从四千年以前的甲骨文时代就开始，一直到今天，中国社会的世界观都已经发生了巨大的转变，物质主义占了上风之后，依然还有人在写诗？为什么中国不产生西方意义上的那种宗教？在中国，宗教性的东西是诗在承担，这基于汉语的本性。汉语本身就是宗教性的语言，而不是宗教的工具。我早年在杨黎、韩东的诗里面就看出了这种宗教性，或者说形而上的东西，比如《大雁塔》《怪客》《红灯亮了》。我觉得《有人写诗》就是刚才华楠讲的，它是具有深意的。

华楠：谢谢于老。

林东林：特别感谢于老，也感谢华楠兄的视频连线分享，我们这次的连线到此结束，希望有更多人读到《有人写诗》，能拿起笔来写诗。

华楠：谢谢！

诗 本身就是一种生活方式

林东林：刚才跟华楠兄视频连线，包括之前在座两位老师对《有人写诗》的对谈，结合中国当代诗歌的现状，可能会有很多朋友问一个问题，即当代诗歌离大众到底是更近了还是更远了。是的，可能在绝对意义上，诗歌离大众更近了，每个人都有了迅捷和普遍地接触诗歌的机会；但从另一个方面来看，我们很多普通读者的感受是大众跟诗歌又更远了，觉得很多诗人写的诗歌所表达的，是非常个体的、属于小圈子里的东西。你们两位怎么看待当代诗歌跟大众之间的关系？

杨黎：这是一个很时髦的话题。现在这个世界不知道为什么，大家普遍对诗歌冷嘲热讽——"啊？这个时代你还写诗吗？啊？这个时代还有诗吗？"仿佛诗歌已经被边缘化了，已经很冷门了。可诗歌难道什么时候热闹过吗？唐朝吗？根本不是这样。唐朝有多少知识分子？有多少人识文断字？有多少人读诗？恐怕连现在的百分之一都不及，凭什么称之为"辉煌"

呢？唐代诗歌所谓的辉煌是大众言说的。它确实是有一点儿辉煌，为什么？那是中国文化历史所构成的，即写诗的人都是文人，而中国是个有文人传统的国家，文人治国。他们那个时候，都是宰相、刺史那些人在写诗。我曾经写过白居易到杭州之后，万人空巷。可那是大家对诗的兴趣吗？还是对他作为刺史的兴趣？他是一个刚进中年，刚刚被贬到杭州去当刺史的人。刺史是什么官职？如果我们这些写作者都是刺史这个级别的，诗歌将会引起怎样的轰动？现在读书的人多了，认字的人多了，诗歌欣赏的人肯定多了，但是有一点，即我们看待诗歌的观念和我们的诗歌教育还那么落后。很多人还不知道什么是诗歌，还拿着以前的标准和观念来衡量现代诗歌。这些人既不懂现代诗歌，也不懂现代诗歌为什么被边缘化。

于坚：这个在我看来，诗在中国，诗这回事和各种宗教是一样的意思。自古以来诗在中国就是中国人的世界观。这种世界观它是基于万物有灵——一切都是有灵的，包括今天的摄像机、灯光、我这个话筒，万物都有灵。所以中国古代的人说，世间一切皆诗——世上一切都是诗，这是一种世界观。那么为什么在我们这个时代，诗总被大众批评？因为当代的诗，我认为大多都是那种写得相当低级的。诗歌发展到现在，已经不再是一种对高难度语言的崇拜。因为长期这样的状态，读者想当然地认为，所有的诗都应该是一种高不可及的东西。八十年代开始，第三代诗人出现以后，诗重新回到了诗本身。如果杨黎这样诗人的诗，能够出现华楠这样的读者，我认为诗已经回到了它的本身。诗不存在为大众写，就像宗教，它也不是要面向大众，或者不面向大众。宗教就是宗教，诗就是诗。至于诗歌在每个时代会引起什么样的结果，这个不由诗人负责。

林东林：两位老师都就当代诗歌跟大众的关系发表了自己的看法。这些看法当然有一些人能接受，有一些人不一定接受。不管接受或不接受，都有一定的道理。对于中国当代诗歌在大众那里遭受到的冷嘲热讽，我们写诗的人可能都会有不同的意见和看法，不过没关系，各做各的就好。回到《有人写诗》来说，我觉得它还是离大众更近一步的。尽管作为在企业从事工作的人、做生意的人，华楠也会写诗，这一点跟他之前所进行的系统性诗歌阅读有一定关系。但是

《有人写诗》这样一本诗集，两位老师觉得它能给当代的普通读者提供什么的东西呢？

杨黎：有很强的引领性。为什么呢？因为华楠是个成功的企业家。我也是企业家，我是个失败的企业家，我对别人造成的影响可能是"杨黎就是写诗的下场"。而华楠的成功，会引起另外一个话题。这就是诗歌的优秀，诗歌的福分，诗歌的价值。这些东西随便他们说，无所谓，不重要。但是我作为一个读者，就像刚才于老师说的，华楠读到我的诗，是他的一种福分，我读到他的诗，对我来说也是一种福分。我读他的诗的时候，我就会想，他写得那么好，我怎么办？我还能够再写吗？这是一个诗人和另一个诗人互相的欣赏。我不认为我在读《有人写诗》这本诗集的时候，会忘掉关于诗人本身的一些身份、成长史等。我纯粹地读每一首诗，每一首诗读了都会让我激动，有些诗读了让我觉得稍稍有点遗憾，这都是基于诗歌的部分、诗歌的机缘。至于说别人读了它会有什么感觉，我根据临时的想法将他们分成这样几类人。第一种，有缘分的人会觉得，这个东西我也想写，我也要写，说不定有一天我会写。第二种，功利性的人会觉得,写这个东西好,他会成功,会带来福分。第三种,这类人会觉得,原来这么简单啊,哪里像以前想象的那么复杂,我也试试啊!试了以后,他可能真的不会。那么你说这本诗集给他带来了什么呢?我曾说过,未来的世界都是艺术家的世界,未来的人们主要从事一种工作,就是艺术工作。诗人在艺术家中是地位比较高的一种,可能有很多人都会成为诗人。这是一种正确的道路。相当于有的人信道,有的人信佛,有的人写诗,是一样的,我们应当把艺术工作变得常态化,我时而感到激愤,就是因为这些不常态化。如果你突然跟身边的一个人说你信教了,对方可能会大吃一惊:"啊?你信教了?"你告诉他你写诗了,他更会大吃一惊。仿佛这一切是很离谱的事似的。但事实上,我们需要的是有人写诗,就像有人信佛,有人信道,这种情况应该成为世间的常态,那样世人才叫所谓的"老百姓"。

林东林:于老,在您看来,《有人写诗》这本诗集,对当代的大众有什么样的作用呢?

于坚:诗绝对不是我们这个时代所流行的"还有

诗和远方",诗本身就是一种生活方式。因为诗起源于万物有灵,那么通过诗,人重新意识到万物有灵,他就会在他的生活中去除各种观念对他生命的遮蔽,回到生命的本身。于是他的生命就活泼泼的,他的人生就会成功。我觉得诗起到的就是这个作用。刚才杨黎讲他和华楠的关系就是这样的一种关系——他看到华楠的诗,内心一动。这一动,就是他被一种古老的魅力所召唤复活了。他作为一个读者,他的生命就重新活过来了。我们都被控制在各种意义、各种观念当中,完全失去了自己的身体、生命,只有诗可以使你重新接入到"你到底是谁,你到底要做什么"的问题中。只有诗可以让人思考自己的生命,自己到底是谁,到底要什么。孔子讲:"未知生,焉知死。"在汉语中,"知生",是通过诗实现的,而拼音语言是通过哲学、逻辑实现的。所以我认为,诗是一种语言的自由,这种自由会使生命获得解放。实际上,我认为古往今来的那些真正写得好的诗,都是生活得非常快乐的诗人写的。他们绝对不是苦难的诗人,也不是今天所说的什么受难者。我觉得那是西方诗歌的观念。哪怕是苏东坡这样的诗人,他经历了流放等种种不幸,但他依然是快乐的人,而且他是一个发明东坡肉的人，要记住这一点。

因此，我觉得读者不要认为诗只是一些造句，作为一些水平比较高的人的自恋。不是的。真正好的诗，它就是一种对灵魂的召唤。我记得很多年前，杨黎在武汉朗诵《红灯亮了》，在一般的读者看来，那种诗毫无意义，但是杨黎在朗诵那首诗的时刻，我的内心非常激动，就像中了巫术一样。好诗其实是某种毒药，只是它不是令人弃世，而是让人开始热爱生活，感受到对生命的觉悟。

林东林：具体到这本《有人写诗》，于坚老师觉得对读者的价值在什么地方？

于坚：至少你看到这个书名，你要问一问，为什么在这个时代，还有人在写诗？这本诗集是不是一个疯子写的？我想，即便不看这本书，大家在看见这个书名时，也要想一想，为什么还有人在写诗？在这样一个毫无诗意的社会，为什么还有人在写诗？为什么还有人在画画？为什么还有人在搞音乐？因为没有这些东西，人和野兽没有什么区别。人和动物最基本的区别，就在于人会写诗，这是非常重要的一点。但是我觉得很多人忘记了这一点，他们以为诗是某种虚无缥缈的东西。

林东林：我们这一次活动也得到了很多网友的互动和讨论，我在这里挑选几个观众的问题问一下两位老师。其中有一个问题是问杨黎老师的，他说杨黎老师曾经提出过一个不同的观点。您曾说您的生活跟诗歌没有关系，生活只跟生活有关，诗歌只跟诗歌有关，您的这一观点是否随着时间的推移而发生了变化呢？另外，华楠的诗歌从观感上来说，与生活还是保持着密切联系的，您对此又怎么看呢？

杨黎：这个说法其实断章取义了。我在那个年代说这句话的时候是这样的，就是你的生活遭遇了什么不幸，你的生活有什么不满，有什么愤怒，有什么委屈，它不一定就是你诗歌里面的内容。我们的诗歌跟生活有关，重在呈现我们的快乐，这就是我们在那个年代最坚守的一个原则。甚至我们说，把快活留给诗歌，把其他的痛苦、愤怒、委屈丢给这个世界。我的话是在表达这个意思，而不是说诗跟生活没有关系。一个人是不可能离开生活的。怎么可能呢？我们的写作，更多的是及物，也就是及事，及事与及物是一体的，是事物构成了这个世界，我们永远在关照这个世界。怎么可能说我只关照物，或者只关照事呢？那是不行的。二者必须连在一起，才构成一个主体。

林东林：我想部分程度上，他这样的询问其实是对您过往言论的一个切片摘取，并没有深入了解那句话的语境，现在您解释清楚了。那么，他还提到，华楠的诗歌从观感上来说，与生活还是保持着密切联系的，您对此又是怎么看的？

杨黎：我的诗歌也和生活保持着密切的联系，这就是我的回答。

诗意的生活不是某种高级的生活

林东林：《有人写诗》发布会的标题下面有一句话，叫作"在平凡忙碌的生活中，也能诗意地活着"。我想"诗意地活着"这句话我们听得太多了，但是我们和普通大众对"诗意地活着"的理解可能还不太一样。有一次，我跟华楠聊"诗意地活着"，他说不是通常意义上的"诗意地活着"，这是翻译的问题。我们很多翻译家翻译海德格尔说的"诗意地栖居在大地上"，这个翻译跟原文其实有出入的地方。这句话原文中的"dichterisch"作为一个德语单词，其实应该译作"像诗一样的"，那么这句话其实应该是"诗地生活"，而不是"诗意地生活"。我们很多人有时候把"诗意地生活"浪漫化、文学化、美学化了，这也是绝大多数人对诗歌的一个误解。就像刚才读者也有提问，像我们这样的普通人，要怎样才能过上诗意的人生呢？

杨黎：我这样说吧！我对诗意的理解跟他们完全不一样。我认为出格的语言（我称之为"废话"，学术的表述是"言之无物"），这样的符号就是诗意的符号。诗意不是什么浪漫的（浪漫是语义的），不是什么英雄的（英雄是语义的），也不是什么遥远的（遥远是语义的）东西。如果一切都是语义的，它们和诗意有什么关系？诗意必须不是语义，如果诗意是语义，那我们这句话不是重复了吗？直接"像语义一样生活"不就对了吗,为什么要"诗意地活着"呢?这是无知者妄言。我不知道海德格尔是怎么说的,因为我看不懂德语。除了汉语以外,一切其他语言我都不懂,所以我经常觉得自己是一个文盲。我怎么知道他们说了什么呢?我自己的理解就是这样的,诗意不同于我们语义的一切,而是对语义进行出格的表述。在九十年代,于老给我写了一个评论,赞扬过我写的诗是能指的诗。诗意说到底是能指范畴的,不是所指范畴的。所指范畴的东西,都离诗意很遥远,我这个话也许不对,但我到现在还在坚持。即使不对,我也要看看它到底是怎么不对的,因为我还没找到那个理由。那么,我觉得《有人写诗》使用的就是一种出格的语言。它里面所有的诗作,看起来是在老老实实地陈述一个事件,但它所写的事件是局限于事件本身的吗?比如说《玫瑰在行动》,最后给我们的难道就是插在铁板上的玫瑰吗?显然不是。它的意境就在它的诗意,这个诗意就是我所说的出格的语言、出格的描述、出格的叙述、出格的符号。我说的可能不对,可能遭到大家的反对,不过我已经习惯被大家反对了,不反对我还有点不适应了。

林东林：于老，您又是怎么理解诗意，以及华楠兄所说的"诗意的人生"呢？

于坚：从来就没有什么诗意的人生。人生只有你自己的身体、你自己和社会的关系、你的成长。这种人生，我认为是无意义的。但社会一定要为人生赋予某种意义，或者说只有某种有意义的人生才是人生。所以很多读者认为，在他自己的人生之外，还存在一种另外的人生，他终有一天可以去投奔那样的人生。我觉得从来没有这回事。古希腊有一句格言："认识你自己。"人生就是认识你自己，认识你自己的独一无二的人生。所以像我们这样的读者问，怎样才能够过上诗意的生活？你说诗意的生活是什么？卡夫卡的生活是诗意的生活吗？他最后独身，四十几岁就得了肺病去世了。但是你看卡夫卡的作品，他是一个快乐的人。我刚才说的苏东坡，他的诗意人生在哪里？他被流放，被关进监狱，在乌台诗案中，他所有的诗稿都被没收了，但是你看苏东坡的诗，什么时候看到过苦难或不幸？所以我觉得生命就是要认识你自己的存在，也就是孔子讲的"未知生，焉知死"。你可以通过各种方式来认识你的生命，但是我认为诗是一种最高的知生方式，所以孔子讲"不学诗，无以言"。你通过诗，能够觉悟到你被抛入世界后，各种既定的关系、习俗、传统、教育赋予你的陈词滥调，觉悟到各种观念、偏见对你作为你自己的遮蔽。通过诗，你可以回到诚实，重新承认你自己作为一个个体的人。卡夫卡的作品为什么写得好？因为卡夫卡他父亲认为卡夫卡必须是一个"高大上"的人。他父亲是非常成功的一个男人，但是卡夫卡是瘦小的、虚弱的。那个时候，德国非常流行健身，每个人都以健美的身材为荣，所以卡夫卡去游泳时都不好意思脱衣服。他坐在那里看着，内心充满着自卑，但是卡夫卡的伟大就在于，他承认自己就是一个可怜虫，就是像格里高尔这样的甲壳虫，而不是说他还有另外一种在远方的所谓"诗意生活"。他认识了他自己，承认了他自己以及他脚下站立的这一块地。杨黎就坐在我旁边，杨黎一生写诗，他得到了什么？他什么也没得到，他还要写，为什么？因为他内心充满着诗带给他的灵光、喜悦。在写诗的方面，杨黎有着巨大的存在感。所以诗意不是去寻找在别的地方怎么样过上诗意的生活。诗意的生活不是某种高级的生活，它就是认识你自己，"修辞立其诚"，实现你自己的生命。

林东林：感谢于老对诗意的理解和解释。确实，很多人会把诗意理解成"面朝大海，春暖花开"，理解成"人生不是只有眼前的苟且，还有诗和远方"。但事实上，并没有那样一个远方，可能远方的那个东西还是苟且，而不是所谓诗意的东西。在这一点上，我们在《有人写诗》这样一本诗集里面，翻开任何一页都可以发现，华楠并不是要去写鲜为人知的、出其不意的、跟我们日常生活没有关系的东西。他写的恰恰是我们每个人都会经历或遇见的任何一件小事、一个场景，任何一个不经意的动作。在这里想请两位老师分别给我们朗诵一首《有人写诗》里面的诗。

杨黎：实际上不需要找，随便翻开都有很多。所谓的诗意和诗，都在这本书里。《有人写诗》，只要你读，诗就在这里。我翻到了两首。

《睡前去关灯》

刚才我穿过走廊去关灯的时候
我发现我
是一个穿着拖鞋

睡衣

四十一岁

有点疲倦的人

嗒的一声

消失在黑暗中

《坐在路边的人》

坐在路边的人

他坐在地上

靠着树

双腿摊开

面容疲倦

他想坐在路边

一动不动

让世界有一刻停留

但太阳的光线

把他移出了树荫

　　这些都是诗啊！但这对于很多人来说，是需要理解的，因为它不是那么简单的诗意。它呈现了时间的流逝，呈现了事物的转换。这些诗意对于好多人来说都是陌生的。因为有太多人不关心时间，也不关心事物的消失，而是更关心股票的涨跌。

于坚：我随便翻了一首，这首写的是南美，叫作《南美民歌之智利印第安雅甘人猎歌》。

> 为了追逐野兽
> 我们翻山越岭
> 野兽带着
> 我们翻山越岭
> 翻过高高的安第斯山
> 野兽突然不见了踪影
> 我们发现了太平洋

相当好。我觉得华楠的诗就像"废话诗"，有一种禅宗的意味，所以我刚才说"诗"这个词在我看来和宗教一样。

林东林：感谢两位老师的朗诵。如果我们用一句话来描述《有人写诗》，无论是对当代诗歌的意义，还是对普通人的意义，你们两位会怎样来形容？

杨黎：看似简单，深究复杂。

于坚：《有人写诗》，为什么？停下来问一问自己。

林东林：特别好，两位都用自己的一句话来表达了对《有人写诗》的评价。这本诗集给到我的第二天，我一上午就看完了。我读过以后有一种很强的感受——里面有很多超越时空的东西。尤其后面的20篇诗论，我们也可以当成诗来读。一会儿可以跟辛弃疾相会，一会儿可以跟苏东坡对话，一会儿又谈唐朝、宋朝，千变万化。我想物理学上没有办法，至少现在没有办法解决超越时空的问题，但是语言可以解决，尤其诗歌是可以解决的。毛姆曾说："阅读，是一座随身携带的避难所。"我想《有人写诗》这样一本诗集，从某种程度上说，是我们每个普通人都可以随身携带的一个小型时光机。我们停下来翻到任何一页，就可以进入任何一个年代，坐在任何人的面前，甚至是成为任何一个人。譬如成为一个千百年前的人，我们从来不认识他，但是他可能跟我们过着同样的生活，跟我们有着同样心理状态。可能这也是语言、诗歌的力量。我想，这就是《有人写诗》给我们每个人带来的最大的价值和意义。它让我们认识到，我们跟诗歌可以如此之近，而且我们也可以通过读诗、写诗这种几乎不需要成本的方式，来实现一种体验度最高的与这个世界接触的方式和自我存在的方式。这也是《有人写诗》给我们当代诗坛、诗人也好，当代大众也好，所带来的最大价值和意义，这是我个人的一点看法。今天由于时间关系，我们的新书发布会告一段落。特别感谢于坚老师和杨黎老师带来的精彩分享，也感谢远在上海的华楠兄的视频连线，他本人因为疫情没有办法亲临现场。最后，跟所有直播间的朋友们说一声再见，希望有人写诗、有人读诗，谢谢！